U0031669

羅貴祥

夜行紀錄——羅貴祥

小說集目錄

II

推薦語

羅貴祥的《夜行紀錄》是一個香港雨傘運動前後的人物誌，深具歷史意識和寓言性。但是這個歷史意識，倒不是激昂的，而是平靜的，最終歸宿於親情、愛情、與藝術。值得不斷細讀。

——史書美　加州大學洛杉磯分校比較文學系講座教授

《夜行紀錄》中的短篇，令我想起《詩經》中的「國風」。這不單由於大部分篇章的題目都是兩個字——〈豫讓〉、〈走房〉、〈滅渡〉、〈同舟〉、〈牧魂〉、〈前行〉、〈魔道〉、〈遁土〉、〈秋刑〉——而且語感上也散發著某種古風，但小說在內容、意識和行文上，卻絕對是現代的。風者，是樂風，是民風，是情感的詠嘆，但也是諷喻、諷刺。連同〈小麻繩〉、〈夜行紀錄〉和〈啡色星期五〉，羅貴祥的小說是一輯當代的眾數和少數的民情紀錄，當中有直寫生命困惑和人際糾結的「賦」，也有大量意味深長但卻不動聲息的「比」和「興」——鈍劍、沉船、魚、鳥、畫、土地、廢村、房間、甬道、後樓梯、繩子、釘板、尾指……所有人事和意象都聞風而動，動而成風，既為集體的時代、也為個體的生命作見證。

——**董啟章** 作家

生活是每日重複往返的渡船，還是一趟可能捲入漩渦的旅程？當日常噴出淚煙，身體和思想相互尋找，文學是舵還是纜繩，或是令我們能海底行走呼吸的魔術？羅貴祥以靜抑筆觸寫香港人與城，沉默時代中啟示新生的可能。

——**楊佳嫻** 國立清華大學中文系副教授、詩人

羅貴祥的《夜行紀錄》有種生活的實感，事情可以沒來由地發生，橫插進生命之中，把長久的穩固節奏打亂。遭逢變故的角色，則在喃喃的轉念之間，袒露內心幽微、溫柔，又時而齷齪的念頭，以一生積累的歷練，面對人際關係與社會環境的變異。小說角色擁有的經驗，往往來自與山野及水體間的互動。於此，自然不再是背景，不再是人類賴以取用的資源與工具，而是某種難以歸納、統攝、馴服之物，人必須以五官手足親身體驗，

在一次次的相碰中求取開悟，它難窺全貌，卻如同地下蔓生的暗流水道一樣，開往諸個他方。人、自然和社會交匯相錯，共生催生變向，人物所誌下的故事，恰巧描畫了這張多向的網。

——**葉梓誦**　《Sample》總編輯

《夜行紀錄》該是潮濕、疏冷、游離的，羅貴祥的文字如船，航向未知，時是島嶼，時是崖岸，更多是擺渡本身。在搖拽浮蕩中，它是橫向的，以宏觀的歷史為軸，用小說探尋本土身世；卻又溫熱而共情，其筆下人物況態則是縱向的，以香港近年社會運動為概，不激狂，自有其姿態，悄然漸落至深淵。如書中所寫，「沒有飄，但也可以有靜」，即如此細細編寫，一則則香港式寓言。

——**梁莉姿**　作家

推薦序

夜行者羅貴祥

王德威／哈佛大學東亞語言與文明系講座教授

「我獨自遠行，不但沒有你，並且再沒有別的影在黑暗裏。只有我被黑暗沉沒，那世界全屬於我自己。」*——魯迅

香港過去十年的故事該從何說起？九十年代末的七彩煙火一夕散去，「惘惘的威脅」快速掩至。新世紀東方之珠滿佈陰霾，躁動，怨懟與不安成為新

常態。與此同時，「大灣區」的太陽依舊冉冉升起，高鐵、跨海大橋暢通無阻。特區和祖國從來沒有這麼近，也從來沒有這麼遠。

面對這些年的風雨，任何一位香港作家恐怕都有一言難盡的感慨吧！要如何下筆，才能寄託現實的種種感慨，投射未來憧憬的有無？對羅貴祥而言，那是〈同舟〉〈滅渡〉，〈魔道〉〈遁土〉，那是《夜行紀錄》。

這是一本幽闇之書。當喧囂已成往事，大局似乎已經底定，而掩藏其下的悸動卻不曾稍息。於是有了書寫。比起當時的激情、現場的衝刺，事後的記錄何嘗能還原真相於萬一？但文學以其隱喻，以其深思，反而捕捉了歷史以外的歷史，留下見證——構成一種心史。

* 魯迅，〈影的告別〉，《野草》，《魯迅全集》第二卷，頁 170。

羅貴祥為香港知名學者，也是極優秀的作家。他的詩歌和敘事創作受現代、後現代主義啟發，對文字形式的實驗每有神來之筆。但《夜行記錄》顯現此前作品中少見的內斂和自覺。小說不僅意在記錄作家曾關心、參與的社會經驗，也反省書寫是否或如何能承載一代香港人的心聲。

面對眼前無路的現實，必須另闢蹊徑。一如書名所示，《夜行紀錄》是遊走暗影中的隱微寫作，於無聲處聽有聲的信號測試。小說甚至在異鄉出版，更說明了「夜行」的幽閉性。驕陽烈日之下，這類的書寫未必可以發光發熱。但正因此，反而點出危機時刻的文學唯有以其「幽光」，傳遞出綿延不輟的能量。

小說分為兩輯，第二輯各篇較容易引導讀者進入作者的語境。二〇一四年秋天的中環事件，可說是當代香港公民運動的轉捩點，各種報導論述不勝枚舉，但羅貴祥的角度何其不同。他寫一個曾經闖地開荒的老漢，居然聲援街道上的抗爭（〈前行〉）；一個畫家為在混亂中邂逅的神秘男子作畫，從而思考藝術與政治的關聯（〈魔道〉）；一個擅長裝置藝術的少女用塑料水瓶扎起了抗議堡壘，同時卻又應付父親的病與死（〈秋刑〉）；一位電影製片夜入山林，一親土地氣息，也思考山下形形色色的艱難考驗（〈夜行記事〉）；一群廁身運動內外的男女在運動平息後回歸平常，仍然難尋安身之道（〈小麻繩〉）……。

我們不難發現，羅貴祥沒有直面那些現場事件，他毋寧更關心是這場運動如何引起裡裡外外的「聯動」，滲透尋常百姓的生活。街道現場示威者的汗水與尿水（！），彌漫空氣中的催淚瓦斯，「水與空氣都充滿了微膠粒」，改變整個社會的新陳代謝。在此之上，羅貴祥幽幽的觀察參與者與未參與者的穿衣吃飯，情感遊戲；不同世代的心事和困境；還有生老病死循環的不依不饒。

羅貴祥小說中的人物來自各種階層與年紀，眾人因一次事件而有了交集。失婚的父親，捍衛居所的農作者，百無聊賴的畫家，自以為是的記者，外來的民運者，巡遊各處的「美少女補習團」，逐漸失去記憶的老人。必然或偶然，直接或間接，個人的喜怒、社會的升沉相互交織錯過。運動來了又去了，夜幕籠罩，一切沉入闃寂。是甚麼在黑夜裡暗暗滋長？

是在這樣的層次上，羅貴祥思考藝術與政治現實的關係。其實這一輯每篇小說都觸及媒介——電影到裝置藝術、繪畫、新聞、身體行動——如何呈現／再現現實的問題。這些問題在〈魔道〉中更被推向檯面。故事中的畫家叩問甚麼樣的藝術才能表達這個「既沉滯壞透又亢奮狂飆」的時代？他偶遇運動中長相、背景怪異的男子，想要為他造像，自以為抓住要領，「除了捕捉他目光定神看著前方，但又欲離開的感覺，我亦描繪了他背後的情緒，仿若要召回過去遺失與未竟的種種可能。」然而畫家的傑作卻遭到惡魔般的模特兒毀於一夕。沒有甚麼審美表象不潛藏敗壞的因子。這篇作品充滿寓言意味，卻又拒絕寓言簡化生命細節的傾向，羅貴祥所要經營的敘事特色呼之欲出。

就此，我們回到小說集第一輯諸作。乍看之下，各篇作品互不相屬，內容未必和政治有關，也缺乏與第二輯的共鳴。羅貴祥寫《史記．刺客列傳》豫讓故事，添加淡淡耽美色彩（〈豫讓〉）；寫自閉症父子的茫茫前途（〈滅渡〉），中產家庭的「走房」瓜葛（〈走房〉），溫泉鄉的意外死亡（〈牧魂〉），跨海大橋下的遊艇沉沒（〈同舟〉）；還有一場關於島嶼所屬權的爭奪戰（〈啡色禮拜五〉）。然而當這些作品與第二輯合為一書，自然形成對話關聯。甚至這些作品所透露的憂鬱氣息，也許才更埋藏了作者的塊壘。

水與沉沒的意象無處不在。試看〈同舟〉，「人人都要填得滿滿的年代，滿盈盈的，最終都是要沉下去的，在水平線下埋葬」；故事結尾的災難似幻似真，甚至有了天譴意味。或是〈滅度〉藉著自閉症者與外界溝通的艱難，「沉下去的，沉得很深了，沉埋到在看不見得深淵，沒有飄，但也可以有靜」羅貴祥儼然意在言外。更令人心有戚戚焉的是，寫溫泉鄉死亡的〈牧魂〉，「成了魚，沉靜地徜徉於池底，或者已無聲的……緩緩流向大海的方向」。小說另外穿插藏族如意寶屍的鬼話，死亡成為無所不在的話題。

這些作品狀寫空間、土地讓渡的患得患失，暴力與耽美之間一線之隔的曖昧，出走還是留守的兩難，父女，父子，家庭親情的疏離與無奈，甚至預知死亡紀事，在在透露只能稱之為「香港」的憂鬱症候群。然而作者又似乎不甘於此。陰影之下，他對愛與包容的可能頻頻致意，這一張力為作品帶來令人感動的時刻，尤以〈牧魂〉為最。

羅貴祥各種主題和風格實驗，在〈夜行紀錄〉中得到最繁複的表現。故事圍繞一場暗夜山中行旅展開。運動已經終了，前途需要重整。越是茫然若失，越是得回歸根本。這塊土地存在的法理本就是從無中生出的有，又有甚麼好懼怕失去？山路崎嶇，夜色蔓延，行行重行行。在路上，登山者各自找尋前路，又時時生出相濡以沫的暖意。草木眾物若隱若現，似應和，似回視，行進中總似「有雙眼睛看著自己」，夾雜同行者的氣息與汗味，「都成為風景」。

羅貴祥小說散發著一種淒迷的情懷，既有對現實挫敗的傷感，更有對生活甚至生命本質的檢討。而行進者既然看不清彼此，「也不再去想以後會發生甚麼了，只是默默前行。」然後峰迴路轉，他們經過築起鐵絲網的土地，穿越行車天橋通道，「見到地平線上浮泛的幻影與燈光……一片絢麗浮華的虹光耀彩。」原來離鬧市近了？殊不知，「那是邊界，不是我們要去的地方」。

夜行的路途道阻且長，羅貴祥依然摸黑前行。我寫，故我在。香港的故事必須講下去。彷彿間有這樣的迴聲傳來：

——對了。那麼，我可以問你到哪裡去麼？

——自然可以。——但是，我不知道。從我還能記得的時候起，我就在這麼走，要走到一個地方去，這地方就在前面。我單記得走了許多路，現在來到這裡了。我接著就要走向那邊去……前面！

編者序

一個解構主義者，在香港面對現實同時尋找希望

鄧小樺／作家，二〇四六出版社總編輯

羅貴祥是生於六十年代的香港作家、詩人、學者、評論人；初出道時詩、散文、小說、評論都曾獲獎，亦進入過劇場創作，並以「羅童」之名奮於筆戰；早年曾任職報章，目前為香港浸會大學人文及創作系系主任。羅貴祥是全能型作者，著作甚豐；《夜行紀錄》是羅貴祥的第三本小說集，同時是在1997年於東大圖書出版《德勒茲》後，羅氏首次在臺灣出版小說集。

關於本書，作者自己這樣說明：「本書結集收錄由2014年至今的十二篇小說創作。第一輯六篇作品覆蓋的年代和範疇較廣，從古代的重塑到當下的虛擬，但都與種種現實產生對話及牽纏；而第二輯是作者對過去數年本地社會運動的一些思索與回應。也許作品看似各自成篇，在虛構與真實之中，卻有細線把重重複複的生活與生命勾結交織在一起。」

本書在臺灣出版，首先是因為臺灣目前為華文地區出版自由的前沿；編者亦懇望能夠將此書，與香港的重要作家羅貴祥，引介予臺灣文學界及讀者，望能更廣闊地開展香港的身份探索與前行思考。游牧流散亦是一種開拓。

＊＊＊

我第一次見到羅貴祥的名字，是在董啟章與黃念欣合著的《講話文章

II》（1996）中，羅貴祥與董啟章相提並論，都是同時代崛起的，兼具評論能力的理論型小說作者（論者林雪平稱羅「解構成癮」）。而羅貴祥後來進入學院創立學系，在繁重教業之餘持續創作，尤為難得。

本書有羅貴祥一向的作品特色，包括德勒茲式的塊莖多元結構傾向，傾向探索幽微游移的欲望，營造虛擬世界與抽象思維，對古代文本進行重寫及文本互涉等，屬於需要解讀的多層次作品。另外，本書亦包納了一系列的社會背景小說，嘗試將 2014 與 2019 進行連繫思考，描寫了不同人群對運動的反應，並對於香港本土的身份認同、文化根源進行了藝術上的探索，嘗試走出困局。敘述看似冷靜，實則洋溢深情的盼望，同時具有思考上的先鋒性。

本書第一部分的作品，以較為廣闊多變的主題開展，可見作者一貫知性的理論框架統攝、講求層次疊加變化、行文簡潔素淨的風格。然而這批作品亦透露了羅貴祥近年寫作路向的轉變，由比較知識份子式追求突出結構、後設的方向，逐漸轉向另類「香港本土意識」的尋溯，表徵是由聚焦城市生活背景的疏離，轉向為疏離者在自然中尋找歸屬。這種轉變在香港文學界曾引起一批年輕研究者的注意及討論，讀者可參考本書附錄中的林雪平文章〈我的老師是一名海盜〉。要之，這個轉變在國際文化大環境是與自然書寫、生態文學崛起的大潮相關；而在香港的特殊語境，這與一群文藝與社運青年在2010年後到鄉郊學習耕種、從而推動一種結合生活與藝術的變革運動相關（在臺灣亦有類似的返鄉復耕運動，或亦演化為後來的「地方創生」之潮）。這批以種田為職志的青年不可能是社會主流，但卻引發了一向關注少數、邊緣與香港本土性的羅貴祥寫作思維之轉變。

在寫作技藝來看，轉變不只是故事背景與人物關係的變化（由城市走向自然），更指在行文營造上，將空間與土地的型態內在化，展示人與社會的病癥（或療藥），這或可視為以文學的方式去回應耕種鄉藝運動的著名口號：「身土不二」。〈走房〉寫的是城市空間不足反造成人際隔膜，人在空間內的狀態就是人際關係的象徵；到了第二部分的壓卷作，最晚近的〈夜行紀錄〉：

「叢林中的殘餘憶記？走過一片金黃暮煙包裹的綠色與泥黑，猶如經歷了草莽茂林在不同的、斷裂又壓縮的時空中，向彼此生長、膨脹、增生、擴散、吞噬、內旋、轉翻、塌縮的變異延緩狀貌。」（〈夜行紀錄〉）

這個非常德勒茲式的地景描述，可比之於李維史陀（Claude Lévi-Strauss）在《憂鬱的熱帶》裡對新大陸的地景描寫，它並非只是客觀描述，也不是簡單的主觀投射，而是出於特定世界觀的空間感營造——並同時讓我們聯想到香港近十年在各種壓抑下的混亂能量，及難以言喻的狀態。

羅氏一方面從「土」的持續耕耘去理解青年與邊緣者的狀態與意志，一方面從「水」去摸索香港的特質。由〈滅渡〉、〈同舟〉、〈牧魂〉諸作中明顯的水意象，加諸香港身份的流動來思考，讀者可有多層次的體會。另一方面，在2019後，香港沒有一片海浪是無辜的；因此〈牧魂〉亦可與謝曉虹《鷹頭貓與音樂箱女孩》的結尾女孩浮屍意象對讀——只是羅貴祥從來不見血，沒有清晰的殺戮，主角也多半是不起眼的大叔。

***

水與土是變化與恒定的辯證，對於「變」，羅貴祥的態度是微妙的。於第一部分，在愛恨、家庭、生死等等的主題中，常有某個「變異」發生的關鍵瞬間，如〈豫讓〉、〈啡色禮拜五〉，主角在決定放手一搏，衝擊了原有的政經、生活、性／別結構，欲望得以流動，而作者多半讓故事停頓於未知。從這些經營看來，羅貴祥的德勒茲式立場，是肯定「變」。而一如羅本人在《德勒茲》一書中闡釋德勒茲思想時所說，人與人之間本來是絕對的封閉，只有藝術才能打破這個絕對的隔阻。在羅貴祥的小說中，藝術常常帶來精神與關係上的撞擊，成為一個爆炸性的轉變缺口。

然後問題來了。在2019之後，香港經歷天翻地覆，原有的制度與生活習慣進入解體狀態，許多人都認為這是不可逆轉的而離開了香港。現實中巨大的變化無疑讓人痛苦，而一個本來肯定變異，覺得變異、解體、結構崩塌的解構主義者，難道還可以在面對巨大的痛苦時說出「變異／解體／解構都是好的」嗎？這樣的宣稱能夠面對現實中的群眾嗎？會不會只是自我中心的囈語？所有採解構主義立場的香港人都必曾經此矛盾拷問，包括編者。

《夜行紀錄》可視為羅貴祥以書寫來面對現實與理念的痛苦拷問，尋覓的辯證結合，既堅執又流動。

***

近年我不時向羅貴祥邀稿，逐漸成為他的編輯；本書中的數篇作品都曾經我手發表，因此可以補充一些背後故事幫助讀者認識羅貴祥。羅貴祥曾給過我一篇小說〈日損〉（刊於《明報．星期日文學》，2016年12月25日），寫傘運後由燦爛的大型運動重新落地的艱難，核心概念是「為道日損」，三個人物勝哥、瑪姬、阿森以月亮意象連接，概念突出結構精緻。而在本書中，〈日損〉分拆為〈秋刑〉及〈小麻繩〉二篇小說，保留人物而有改寫增延，人物的情感與困境之複雜度增加，處境取材同時來自2014及2019。羅貴祥向我表示，此番改寫是花了大力氣揉合2014與2019，將舊日的想法接上新來的變化。我又嘆息「小麻繩」此一題目實在平凡，豈如〈日損〉的高超鮮明；羅貴祥此時才向我指示，本書中各篇小說都有「繩」的意象。我方知他寫本書簡介的「把重重複複的生活與生命勾結交織在一起」的「細線」，是一實指的意象。因此〈小麻繩〉這個低調平凡到怪異的題目，是點出了重要的連結之希冀：

「鼓聲一下一下。每一個人的左手由細繩繫著另一個人的右手。右手，連結，左手。眾人站起。有人閉上眼睛。顏色線彷彿柔絲般，連繫了人的血管、脈絡，穿過了每一個人。」（〈小麻繩〉）

以上這個編輯小故事所揭示的重要訊息有三：

一、羅貴祥的小說經營，即使看來非常接近現實，依然經過非常細緻的處理，絕非原始素材，其中意象系統就算再低調都承載最重要的解讀空間。

二、因為揉合 2014 與 2019，小說中的情節雖看來接近現實，但卻有著細微的差異因此是超越現實的，因此不能被完全直接當成運動紀實小說來接收，而始終必須分析作者的經營手法與角度，解讀小說背後作者的意志。

三、運動過去還不久，將不同的社會運動摻揉合寫，或有可能引起不同世代的運動參與者之疑竇或不滿，因為看來現實的小說和他們經歷的現實存在細微的不符。我向羅貴祥提出過我的憂心，但羅貴祥認為最重要的恰就是不同年代的連結。即是在他看來，藝術的角度可以凌駕現實。我尊重作者，亦希望讀者在此能更體察到羅貴祥的藝術用心、對連結的希冀，並理解這其實是一種歷史意識的眼光。

連結。修補歷史的裂縫。或者如同修補破裂器具的「金繼」之術，以漆繪裂痕，再飾以金粉，為破裂的器具留下時間的經歷與新的紋飾。修補，其實是變化，就是作者的技術所在。

＊＊＊

編輯小故事二：本書附錄收入林雪平的評論〈我的老師是一名海盜〉是我建議的，因為此文相當詳細地說明了羅貴祥對「少數」和「邊緣」的理論關懷與創作實踐的關係，把素來冷淡抽離的羅氏形容為「以少數粉身撞向多數」的激越海盜甚具奇趣，又可愛地夾雜調侃老師的嬉戲語調，並能在理論高度讓讀者理解羅氏的「不純正中文」文風乃是一種文化身份的姿態。林雪平是近年香港冒起的文化評論人，在羅貴祥任教的浸大人文及創作系取得碩士，本名張可森，曾高票當選元朗區議員。而在本書中亦有一位角色阿森：

「阿森不期然想像，獄中有一道窄窗，可以看見外邊的野草坪。」

「牆上的裂痕是別緻的圖案。不要因目前的困境，便要順從他人的意志。被褥破舊依然溫暖。哺乳生物的出生，不都是經過長時間的、絕多是孤獨的幽禁嗎？就當作在別人軀殼內寄生，不能自主地被孕育，有形的、輸送營養的臍帶，拉扯住運動的自由。有血緣抑或當做沒血緣的寄居以至共生關係。阿森不知道下一步是甚　，但唯有在這暗黑中準備。身體的，思想的，或情緒的，準備看見，以及被看見。」（〈小麻繩〉）

角色阿森在2016的〈日損〉中已經出現，但當時並無以上的囚禁意象，這相信是羅貴祥「花很大力氣」去重寫的部分。許多香港人都要消化親友入獄的痛楚；同樣來自非常現實的處境，而羅貴祥所呈現的是思念、思考也是祝願，它的辯證思考與情感是同構呈現的。它甚至說明了牢獄之外的我們不能崩潰的理由。

＊＊＊

羅貴祥本具備理論視野，這類作者常會「概念先行」，說來彷彿是種詬病。而在本書第二部分的「現實」明顯較羅氏前作佔更重要的位置。當中「概念VS現實」的思考可以下文來解說：

「困頓在自己構想出來的宇宙內，並不讓她快樂。意義和秩序一己是建立起來了，卻是孤獨呆板的執念，與外邊的變異流動沒有聯結的。她決心不要做這樣的作品。怪力亂神，不去臆測想像，不困頓在自己的幻夢世界中，素然覺得就不會懼怕。她決心只為眼見目睹的害怕，或不害怕。」（〈夜行紀錄〉）

這段是角色素然思考自己的創作方向，不吝亦是作者言志，於情節自然的發展中作後設闡明。創作概念、結構、意義與秩序如果沒有和外界現實的流動變異聯結，乃流於孤獨呆板。而在角色的個人意志中，仍然可以輕巧完成正、反、合的辯證：可以目睹現實，再決定害怕或不害怕，個人的意志統合了概念與現實的分歧。

而羅貴祥更孜孜於保留這種種分歧。在現實主義文學的角度觀察，本書中作者的敘事者意志就顯得很微妙：情節已經安排了超越性領悟的契機（如〈小麻繩〉中勝哥聽到牧師佈道），可見敘事者同意領悟——但角色不同意，角色陷於自己的限制和處境中，未能跟上超越性領悟的契機，對此敘事者會表現出耐性，等待角色在處境中流轉，等待敘事者與角色的視野重合。或者，這就是信念篤定的羅貴祥，對於現實與人群的耐性。

耐性是需要希望支撐的。同樣作為運動群像作品，本書第二部分可與梁莉姿《日常運動》對讀，但它好像由父親和女兒兩個角度敘述的不同版本——尤其〈秋刑〉中的勝哥與翠思的父女關係不諧、勝哥與有情緒問題的安盈之忘年戀。作為運動群像，羅貴祥的版本有一種「父執的積極」。更老的人，伊格頓（Terry Eagleton）說希望是基於信念而非現實，吳靄儀則說過希望是一種責任；羅貴祥的版本是，讓角色在現實的處境中，一念即轉，讓希望產生於角色的內心：

「突然有一個念頭，如果沒有了如許的動盪和不安，歌舞昇平，她不過在做讓人麻木消費或無關痛癢的製作，一切作為更變得可有可無。眼睛看見的四周圍，是朦朧的受暗黑吞滅了的景象，也好像甚麼都沒有。她相信看不見，不是沒有真實的存在。」（〈夜行紀錄〉）

或者，這就是重視變化與差異的解構主義者，在香港面對現實同時尋找希望的方式？

I

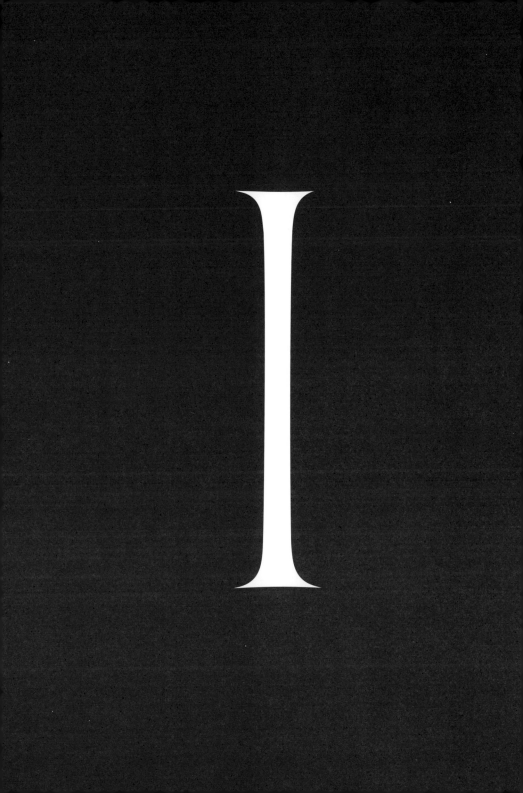

豫讓

曾有這樣的一段傳說：

好像有無形的線把他們牽動起來
非關觀看主體與被看客體
更非關女色與男相
他們本是同一個性別
在公眾廁所裡面

一個躲在暗處守候
一個急著準備入內
那條無形的線就在這一刻扯動了內心
他突然遲疑
另一個他感到詫異
可惜著
浪費了褲內等熱了的手槍
下一次他喬裝易容
連妻子也再認他不得而離去
可是他還是一眼便把他辨別出來
甚至毋須任何一眼
他車隊開過橋上
又是那條不被看見的紅線
把他的坐駕絆纏下來

爪牙從橋底他埋伏的暗處抽出
他正驚訝他打扮的動人
另一個他仍堅持刺殺任務
必須繼續進行
歎息著
他脫下身上的毛衣給他
做補償
子彈穿過他的頭蓋時他手上還緊握著他毛衣的體溫

須臾間，他以鈍劍斬擊地上衣衫，即使眼前是千軍萬箭，豫讓心裡仍升起那個他難以忘記的情景。

父親在一片樹蔭之下，慢慢取出瑤琴。空氣中彷彿還飄散著絲絲焦味。

儘管去國久矣，他們還繼續燒衣祭祖的傳統。樹沙沙的動了一陣。父親把琴放在膝上，從袖子裡拿出煙筒，點燃，慢慢地抽，依稀在想著今天要給她唱個甚麼曲子？樹梢又輕輕動了一下。化作鳥的母親依時來了。父親放下煙筒，喉頭鼓動了一下，正想開腔，卻面容痛楚地覺著咽喉像火灼般地燒，彈奏三遍過後，依然唱不出一個字來。父親把瑤琴推倒，頹然跪地。一個亡國奴，失了本有的聲門下腔，他還有甚麼呢？習習涼風吹過，英雄樹上踮著腳的翠鳥，看著樹蔭下失聲飲泣的男子。

「他美得真像個女子！」自小豫讓一聽到別人這麼對他說，就毫不猶豫，揮劍向對方疾刺過去。因此也闖了不少禍，殺了若干不該殺的人。他習的是快劍，劍法迅速無比，出鞘無聲，專攻要害。對方稍不留神，便已命喪他劍下。有人說，豫讓狠、準如刺客，只是貴族出身者，從來不會用作死士，殊為可惜。父親屢屢為他解困，最終把盛氣少年的豫讓，送往表親襄子處一起習心法。

襄子跟豫讓早識於幼時，曾經十分要好，只是父輩因某些緣由一度疏遠，兩家人面便見得少了。相隔多年，豫讓再見到成長了的襄子，已是豐神俊朗，心裡不由悸動。那一邊，襄子看見豫讓的美貌，更勝小時，也看得目瞪口呆了。

廂房本來就很靜，暖意的日光從窗框瀉下來。兩人久別重逢，竟然都不發一語，只是目帶笑意地相互對望。黃澄澄一小片陽光下，是瀰漫在房間內的塵粒。雲飄過，廂房暗淡了一會。豫讓游步迅即就在襄子咫尺眼前，笑嘻嘻的突然出爪，作勢要取襄子雙目。「你眼睛不守禮啊！」襄子也非平庸之輩，雖然豫讓貼近的氣息令他心跳加速，也立刻翻腰往後，避過來爪，再倏忽扭身轉向豫讓背後，揮掌打向他的臀部。豫讓立時臉上泛紅，只是暗暗的房中無人看見。他鷂子翻身，連消帶打，反過來提腿踢向襄子的下陰。兩個人看似鬧著玩的，卻也真的拳拳要害地開打起來。直至廂房的桌桌椅椅紛紛砰然翻倒，才驚動了其他人來停止他們的比試。

外息諸緣，內心無喘，心如牆壁，可以入道。豫讓與襄子分別在道場一角，閉目盤膝而坐。數月下來，豫讓的快劍練得少了，每天卻花了好多個時辰，跟襄子一起修無念、學心法。與襄子一塊練功的日子，豫讓無疑心底裡感到極大的喜悅，但卻認為自己的功力毫無寸進，反而有點憂心劍術倒退。

「觀心為求靜氣。濁氣漸消，內力即長。」襄子說他是這樣練功的。然而，豫讓的氣燄終究難消，畢竟那是他快劍的功力所源。盛氣若一減退，劍便慢了。觀自身心，猶如枯樹、牆壁、瓦礫，無有異。於一切法，無有分別。觀身心，猶如幻夢，中無有實，念念衰老，其息出已，更不復入。豫讓反覆默誦口訣，還是未能體會。

襄子家住常山，地勢雖險，但附近山青水秀。他們不練功時就遊山玩水，豫讓天生一把好嗓子，攜著瑤琴，走得累了，便與襄子歇息在水抱山環之間，抱琴一起詠唱。山中有清溪幽泉，兩個年輕男子玩得興起，脫得赤條條的，噗通、噗通地分別跳進水裡，比試水中潛泳閉氣，扭打追逐，正是息出氣不入，中無有實，猶如幻夢。水裡玩膩了，兩人濕淋淋的，衣服也不穿，並肩躺倒在泉邊，向天，望白雲飄蕩。

豫讓朦朧中醒來，身邊沒有了襄子。他發了一身汗，草墊破破爛爛，令他渾身痕癢。豫讓坐起身子，欲往水裡一照，清泉早已不在，唯有一舊木盤，放在身旁。水影裡是兩鬢已生蒼蒼華髮、面容色衰的豫讓。

事情驟變，那夜父親派來密使，命豫讓即夜離開襄子家。忐忑的豫讓對自己不辭而別，內心覺得有愧襄子，但在往代國的路上，他才知道宮廷事變。

晉王智伯在酒宴上，已遭斟酒用的銅勺殺害。謀事者為襄子的父親趙鞅。趙鞅並即自立為王，更裡通外夷，剿滅了豫讓父親等的殘餘舊勢力。

父親被迫投奔代國。豫讓一家自始逃難失所，飽受風霜冷眼，母親因而病倒，不久就客死異鄉。父親終日悲歎，一心只求復國。

襄子以庶子之身，破宗法之例，被立為太子。趙鞅去世，襄子旋即繼位為王。

「他美得真像……」。

早已更名改姓的豫讓混在翼城市集的人叢內，突然聽到背後有人大聲調笑。他轉身一望，只見數名彪悍男子，圍著一名華冠艷服的紈絝少年，語帶輕挑地品評著他的外觀。

「男兒漢怎麼穿上了女紅裝？啊喲，他美得真像……一個騷婆娘呀！」彪悍男子們一陣哄笑，卻不讓少年離開，還開始用手去拉扯他的美服。豫讓心知自身的處境，不敢貿然出手，正巧瞄見街上有賣石像的店鋪，他走到放在店前的一尊石像，也不理那是甚麼雕像，便溜到像後，靜靜運起功力，把石像搖搖晃晃往前推向那幾名彪型漢子。忙著欺凌粉裝少年的數名大漢聽到身後格格聲響，回過頭來，猛見一個石像彷彿活了一般，朝他們撲將過來。他們迅速爭相走避，有些滾倒在地上，猶未看清楚，已是蓬一聲巨響，煙霧瀰漫，塵土飛揚，一尊石像跌得粉碎，但頭像依然完整無缺。

隱身在人群中的豫讓，肯定自己沒有看錯，那是襄子的頭像。

為公便所，廣被視為趙襄公的治疫德政。官家掌管便所，既能不讓便溺裡的熱毒隨處散播，又能把便物集中用作堆肥，豐田潤土，有利社稷民生。

襄子率領了臣子一行數十人，就是為了知悉翼城最大的為公便所，如何化腐朽為神奇，變為莊稼的重要資源。便所內，襄子眾人都用厚帛蔽口封鼻，只露出了眼睛，聽著治疫官講述便所的日常運作。便所惡臭薰天，為了不影響左右鄰里，建時只有土牆而不置窗戶。亦只有受刑者才被指派到便所工作，視為服刑常規。

隔著一排衛士，襄子看見糞池對岸有十數名服刑者在爬糞、收糞。他們同樣以破布遮蔽口鼻，看不清容貌。襄子突然好像見到一個熟悉身影，心法口訣油然湧現。觀自身心，猶如枯樹、牆壁、瓦礫，無有異。觀彼身心，猶如破牆、便溺、焦土，無有分別。心下一陣悸動，襄子衝口而出：「是豫讓嗎？」

瞬間，對岸一個服刑者劈開爬糞木棒，內藏匕首，信手一揚，短劍急速飛向襄子心臟。衛士架起長矛，但已擋不住凌空飛行的短劍，就在匕首不到襄子一尺之前，左右兩名臣子踏前挺身抵擋，嗖一聲，兩名臣子立刻中劍倒地。

這時，衛士已把那名服刑者團團圍攻起來。面纏破布的刺客手中已無武器，對衛士兵刃的夾擊，似乎有點招架不住了。襄子定下神來，喝停了衛士，隔岸向刺客說道：「能否讓我一見面容？」

幪面者眼泛淚光，輕輕的搖頭。襄子的心沉下來，要眾衛士退後，讓刺客離去。

錚——錚——錚地，豫讓用石磚磨著他最後的一把劍。行刺的機會愈變得渺茫，他們防備得更緊了。全國四處緝拿他，為了躲避，他三餐也吃不飽。但晉國藏富於民，減徵田賦，居民樂意向過路人施食，豫讓才不致餓倒街頭。

「士為知己者死，女為悅己者容」。

豫讓把這些字刻在山上襄子的石像背後。他不是卑下的士，不會為貴族賣命。他更不是女的，亦無人再為他的容貌愉悅。可是，他還是不惜把寶劍弄鈍，讓這段話永遠留在無人看見的石頭背後。

豫讓以劍割破了自己的面容，任由傷口流膿生疽。他吞服草藥毒物，令喉嚨劇痛火燒，聲音從此沙啞無調。他無心再練功法，感覺所做一切都是徒然。他只知自己的世界已經徹底崩壞瓦解，眼前盡皆混沌。豫讓感到現在一己能有作為的，就是破壞所有。他有美麗的肉身，便從這裡開始。曾珍之重之擁有的寶劍，他故意砍在岩壁上，讓鋒刃碎裂，又不入鞘，任劍身雨打風吹，鏽蝕損爛。既不練功，並刻意與所學的心法對抗，豫讓終日酗酒、吸食迷煙。再不能賒帳了，就賣掉父親留下的瑤琴。

他決心要讓自己墜落無底深淵，不單早已不屬貴族，甚乎喪失了生而為人的資格。然而，所謂墜落，姦淫擄掠、欺凌婦孺的事宜，豫讓卻又做不出來。他只混在乞丐群落、難民遺民團伙之底層淪喪絕地中，誓要周遭的骯髒泥沼淹沒、埋葬自己。

晉國的盛世，其實也有不少門閥社會不容的窮人、賤民及異端。豫讓身處其中，雖說不上與這些泥民同呼吸，卻愈感憎厭襄子代表的士族巨室。然而，他不以為這是襄子的錯。豫讓只擔心襄子也被蒙在鼓裡。在陰影中，他瞇眼抬頭望天，卻瞥見英雄樹上的一雙翠鳥，踮著腳地互擦喙嘴，卿卿親昵。

取出崩缺的鈍劍，豫讓站在橋上，等候襄子的馬隊到來。

啡色禮拜五

我看見他時，他慣常地一個人在林裡。山丘上小叢林的大十字架旁。

這個唯一的山丘雖然不高，卻是島上甚至附近地域最佳的觀景點。從這處遠望，除了俯瞰整個小島全貌外，周邊的水域，以至幾里遙的大岸，亦一覽無遺。

費若瑟一心想著在山上建教堂，即使食物都不足夠，衣服也難有新的替換。

在這裡，就是這個地方，費若瑟教士以他已頗熟練的中文說，最接近上帝。在這裡祈禱禮拜，上帝一定聽得到。

當然，全能的神甚麼也聽到、甚麼也知道，包括我們躲藏於內心的想法。費教士接著補充。距離上要更接近上主，因為人的信心未夠堅強。我們要把自己的心靈與肉身拉近上帝。教堂，本來就是為了人而存在的地方。

我其實不太懂他想說甚麼。正如他常說，我是一個野蠻人，還不是一個完整的人。但建屋，我明白，始終是一件好事。客家婆婆，還有那些年輕的客家姑娘，她們最愛建屋。村裡若有人要建新房子，大家便興致勃勃。所有人都來幫忙。連我也興奮起來。

整個村子的人來到想像的新屋庭前，大家一起幫忙。搬運木材、泥土。

我最愛客家婆婆在旁為眾人做餅。姑娘她們從田裡採摘了成筐的菜蔬，倒在短腳桌上，快刀切成碎片。然後開始搓一大團麵粉，加些油，繼續搓。再加上鹽。麵粉是在浴盆裡很大的一團，足夠村子的所有人吃了。

青綠的菜切成一絲一絲。客家婆婆她們在搓好的麵粉上加了豬油、雞蛋，又加了磨碎的花生，最後加上炒香了的蝦米。搓麵粉，壓平，摺好，捏邊，屈指把粉團捲成圓滿，放到窩上煎。

勞動的人聞到香氣，立刻餓了。還不可以吃，時間尚早呢，卻更有勁了。大家一起建造房子。大家一起做餅。村子裡的許多人家，種田的、打魚的、曬鹽的。小孩子，還有蓄著鬍子的教士。還有我，這一個異鄉人。

客家婆婆偶然會咪咪笑說，我們也是異鄉客呢！你的顏色，不是跟我們那些被太陽曬得啡啡黑黑的男丁一個樣嗎？

餅煎好了。勞動的，暫時停下來，大家分來吃。我第一口餅通常都被燙著舌頭。太猴急了。我慣常吃的東西都不煮熱。慢慢就曉得享受它香煎的美味！第一輪吃過了，再搓麵粉，再把青菜切成一絲絲。過節一樣。

記憶有點美化了。村子的食糧其實不太足夠。第一輪吃過，通常再沒有下一輪。我半飽的肚子，倒有空間想像。

費教士在佈道會上愛講這個故事：一個孤單的旅人在路上被猛獸狂追。本來已饑餓的他只管拼死地逃跑。他也許明白猛獸肚餓的感受，他好幾天亦未真正吃飽了。不過，他還是不想被吃掉。於是，正因為如此，費若瑟有時太想炫耀他的中文詞彙了，孤單的旅人沒命地跑，不辨方向地跑，卻不為意地失足掉進一口井裡。不幸中他幸運地抓著攀附在井內的一條樹藤，未至跌入深淵般的黑暗井底裡。猛獸在井口守著，正等待孤單旅人爬上來。

他一手緊握著枯藤。費若瑟抱歉說，剛才太緊張了，來不及告訴大家，在古井裡樹藤早已枯萎了，一點也不牢固，隨時有斷裂的危險。於是，就這樣，費若瑟又來了，甚至用手比劃著，孤單旅人手握枯藤，向上望，只見到猛獸在井口的陰影，聽到牠低沉的吼聲，面上感覺猛獸從上滴下來的唾液。進退維谷間，生命可以有更壞的事情發生。孤單的旅人又看見另有陰影從井底裡迅速地爬上來。那是一條巨大蟒蛇的影子。蟒蛇正張開巨口，滋滋的吐出牠的血紅舌頭。就在這一刻，他感到枯藤卜卜地裂開。上下夾攻，進退為艱，井口不知怎樣突然落下三滴甘美的玉露瓊漿，正好跌入他的口裡。

故事說到這裡，費教士忽然停下來。

大家等著他說下去。

靜。

北風由破舊房舍的隙罅吹進來。我是熱帶雨林出生的，比村裡任何人都怕冷，禁不住就打了個大噴嚏。亦打破了沉默。

上帝保佑你。費教士輕輕地說。

村長的小兒子澤明終於忍不住問：故事怎樣呢？

你覺得該怎樣呢？費若瑟微笑反問。陳澤明只瞪著一雙小圓眼，不懂回話。

故事到了這裡，費若瑟目光掃向佈道會上的一眾村民，結局必然是預期的。沒有奇蹟出現。神，不會隨便施行奇蹟。但神，讓孤單的旅人自由選擇：

他完全任由危難將他身體與意志都征服了，無法感受突然落入口中三滴玉露瓊漿的美味？抑或他可以專注享受那三滴甘美的玉露瓊漿，活在當下，忘卻身邊常在憂患的苦楚？

沒有村民直接回答費教士的問題，但就相互議論紛紛。我偷聽到客家婆婆低聲咒罵，那條漢子直頭*慾念焚身，火燒眼眉，還在享受點滴玉露？

村民大多數沒有多大好辯的癖好，很快便沉醉在眾聲的聖歌唱頌旋律裡，忘情地以樂韻敬拜上帝。我偶爾也唱得忘形，負責伴奏的手風琴常常拉不準確。

* 編者註：直頭，粵語，意即「簡直」。

信仰本來就是熱情蓋過理性的。費教士私下對我說。要華人信教，我們要標榜這個宗教是非常科學、非常理性的。你明白嗎？

要明白費若瑟，其實並不容易。我沒有文化，來自一個沒有文明的地方。是費教士常勉勵我的，唯有學好基督文明，我才會成為人。如往常般他又一個人在林裡。他沒有閒著。他眼睛四處掃瞄，手上拿著筆與簿。也許只有我才知道費教士在搜尋甚麼。雖然我也不太懂，我可能未完全瞭解他的教導，起碼我認得，他要從自然中學習意志。像其他教士般，他讀了不少中文古書。常常搖頭擺腦地說：仰以觀於天文，俯以察於地理。

他細心觀察動物、觀察昆蟲，島上有多少個品種，他都有把握。他會記錄下來，還素描牠們的形態。這是他的科學。不過，費教士提點我，最重要還有精神、心靈的核心。他帶我看求偶季節期的島上物種。

那些留鳥、候鳥的交配，沒有甚麼值得我們花時間研究，牠們全都沒意志地被本能驅使。我見過他的簿上畫了好幾幅雀鳥交配圖。費教士指著樹椏上的蜘蛛網。蜘蛛的性愛才引人思考。動物世界裡，雌性比雄性的體積龐大，不是很稀奇。但雄性蜘蛛的細小身軀，似乎是刻意要讓牠在交配過程中，完全被體大力強的雌蜘蛛支配，最後甚至給她吃掉，無從反抗。

上主究竟要告訴我們甚麼？費教士的眼睛轉往不知哪個方向去。他肯定不是在問我。性事為甚麼要那樣殘暴？動物的性交，固然沒有愛，難道你以為人類的性事，就有愛嗎？

你看植物的交配，沒有任何身體接觸，沒有性愛，只依靠昆蟲這個第三者，將雄蕊的花粉，傳播到雌蕊的花柱上。這，才是最完美的構造！

這不就是全能的主給我們的啟示嗎？

費若瑟這番說話，從來未有在佈道會上跟村民講述，可是他的姿態卻像在公開演說。我們生來便受制於肉身生理的需要、繁殖的需要，這都是上帝對我們的考驗！只要我們以最節約的方法，滿足生理自然的需求，就可以全心全意，追求精神的大愛了。

村裡的貓狗最愛胡作非為。貓咪只是叫聲聒噪討厭，牠們也懂躲在暗角。狗類最無恥，在人來人往的路上，忘形地攀在對方的屁股上搖晃。費教士卻鼓勵我多觀察各種動物的交配，這是一個鍛鍊。不要受迷惑。費教士教我，固然我們要遠離誘惑，但不等於對誘惑無知。只有理性、知識與意志，才是抵抗誘惑的最佳武器。自然，可以是人的樂土，也可以是煉獄。觀察自然讓人洗滌心靈，接受本能誘惑的挑戰。

我不敢告訴費教士，在夢裡不知為何我變成了那些貓狗，感覺自由、沒有拘束。醒來下身濕了一片。我不敢告訴他，我擔心他更把我當作野人。

平常生活，費若瑟吃得很少。一方面因為島上的糧食並不充裕，而他又願意把食物讓給村民。我是後來才發現的，吃得少，可以消滅欲念，內心平安。他不時停食，只喝幾口井水。這樣，他說，能夠去除貪念與欲望，是最有效的持戒法則。

我知道我不可能像他。肚子吃不飽，我的身體反而躁動不安，腦袋裡念頭亂竄，沒法子靜下來。幸好陳美靜偶然會給我幾隻她做的雞屎藤茶粿。這些客家姑娘心地真好。每次我說，大家一起吃吧？陳美靜便忙搖晃著雙手，你吃，你吃，就溜走了。試過茶粿留給費教士，但他一見到食物，便拿去給其他村民。我再不敢說我已經吃過了。夢裡我誤會費教士作好味道的雞屎藤茶粿，把他又咬又舔，最後一塊一塊將他吃進肚裡。驚醒時，我渾身濕透。幸好，費若瑟似乎睡熟了，沒有發現。有一陣子，我也許有點餓得糊塗了，居然懷疑他守齋斷食的功效。我想，費若瑟不也是有他的執念，堅持要在這個百人小島上興建教堂嗎？那不是奢想，不是欲望嗎？

教會對在島上建教堂的想法，不是太支持的。他們認為教堂該設在大陸那邊。這裡水路阻隔，交通不便，其他人難以到教堂禮拜。費若瑟卻另有想法。先為島上村民確立堅定不移的信仰皈依，教堂的存在決不可少。在島上打下了穩固的根基，便可感染四面八方的人群。其他地區的傳教士也有類似想法，希望在自己侍奉的地區興建或翻新教堂。費若瑟不是不知，教會不可能滿足所有訴求。

壞的東西不是孤身一個，它們都聯群結黨，就如有害細菌，必然有連鎖的關連。費教士這樣警惕著我，也警惕著他自己。貪婪引發欲念，我們不要貪吃，那才可以令身心貞潔。我沏了茶給他，他看著茶的輕煙陸續升起。不要以為我們耐得住饑餓、守得住貧窮，保住了自己的貞操，便變得驕傲。這完全不是我們個人的功勞。這是上主賜予的。

探訪了幾家村民，為他們祈禱了，這個黃昏費教士和我又爬上小山丘。費若瑟氣有點喘，滿額是汗。他說無關體力，只是天氣實在太悶熱。在山丘上可以有點涼風。傳教士都懂一些天文的，費教士告訴我。否則從歐陸來到亞熱帶，全都會悶熱死掉。

我們在大十字架下休息，等待清風。村民合力用兩條大樹幹豎起山上這個大十字架，是對費教士要在山丘上興建禮拜堂的支持。目前未有教堂，但有象徵興建教堂的希望，在這裡，向上主祈求。

主觀上，我並不覺得山丘上有任何涼意。山並不高，陽光猛烈時，可能比山下的溫度還高。不過，四面環海，地勢稍高，還是優勝的。晚上，我們也會來。這個時候，山上變得冷了。費教士的衣著依然單薄。他閉目祈禱。

在星光下，我看見他再張開眼睛，目光望向我。我們是怎樣睡著？又怎樣醒來的？

不就是累了便睡，睡夠了便醒來嗎？我在心裡對自己說。

他不等待我的答覆，繼續說。睡眠中為甚麼要做夢？做了綺夢怎麼辦？因為我們意志不堅？是日間吃得太多？我們的意識裡仍殘留著欲念？

我聽著，有點害怕。他發現了嗎？

真正的貞潔，是睡夢裡也不受污染，恆久守節。他合十向著星空。我能夠做到嗎？他喃喃地說，我們要不斷地審視自己，每一刻地做。睡夢中也要警醒著。為了全能的主，我們必定要努力做真正的我，心靈思想上不受外界束縛的純淨真我。

這個真正的我，只有上主才看到。即使我們照鏡子，亦只能看見反面的自己。只有神才看見。正因為這樣，我們所做的一切，都是為了神。費若瑟的執著，無疑是神賜予的。

之後數晚我也睡得不好。我要讓自己不許發夢。睡意來時，我立刻掙扎要醒著。反反覆覆的，最後還是昏睡過去。不過夢裡，我再沒有把費若瑟當茶粿般吃掉。我只是把持著他，舔一下他的味道。醒來，我更懼怕。身體裡裡外外都全濕了。

阻力其實不完全來自教會。大清官員在這裡雖沒有管治的權力，但村民遇上大事情，還是會先打個招呼，為免日後有甚麼難以承擔的麻煩。朝廷派駐的官員態度依舊。中國沒有禁止外國人傳教，不過大興土木，既勞民傷財，又可能破壞風水。島上一座大教堂，可能會招惹海盜。多一事，不如少一事了。

村民都說，朝廷官員最怕外國勢力坐大，不會真心支持興建教堂。這個時代哪裡還有海盜？官府眼中的海盜，不就是那些外國商船？當然，他們不太支持，也無能力強烈反對。

大風雨的時候，佈道會依然繼續。破屋四處都在滴水，強風把木窗吹得嘭嘭地響，但村民唱聖詩的興致卻更高昂，這都是費教士的鼓動。狂風中，更要讓上主聽到。我的伴奏反而變得不派用場了。為甚麼在孤島荒村建教堂之必要。這是費若瑟向教會爭取的理據。教會不能流失這些忠誠的信眾。

關鍵似乎是殖民地官員的態度。這一關更不易闖，費若瑟清楚。是上主給予的又一考驗。殖民地有許多從帝國引入的土地使用條文。所有海外殖民地，都是帝國的屬地，不可任由他人亂用。農田地、未開墾土地要更改用途或要開發，需要申請，再由殖民地官員審批。

土地條例訂得嚴厲，其實多屬紙上談兵。殖民地官員還未有法子，管轄所有土地。大岸上那些田地，居民完全不讓外人碰一下，管它是大清官員，抑或殖民政府。我聽村民說，為此岸上居民造過反。殖民官員對岸上居民忌憚，也對他們特別優惠。年輕的島上村民說笑，造反多好！官府也怕你三分。

這個客家村，本來是荒島，沒人往。地，不是世代相傳，也不會有人為它流血喪命。順理成章，殖民官更不容許後來遷入的客家人，任意使用帝國屬地了。即使是教會，同一個宗教，也不是同聲同氣的。費若瑟的教會，跟殖民地官員的教會不一樣。雖然未必就有芥蒂，但也不會無條件便允許。

多年來，村民為興建教堂籌了一些經費，但沒有教會給予更多，事情根本不可能。費若瑟到大岸去得更勤了。教會的態度可能有點改變。

那天他滿身大汗地回來，一邊喘氣，一邊忙著向我辯解，不是身體差了，只因天氣太焗熱。風暴要來了。費教士補充說。

風暴真要來了。出海回來的村民都說，南島那方已翻起大浪，不能出海了。曬鹽的也想趁早把鹽田的已成食鹽，送往大岸。費教士和我忙著到各家探訪，看看是否需要幫忙。許多村屋要修補防風，眾人都在團團轉著。

起風了。雨，時厲時細。費教士帶領著一些村民在室內祈禱，保佑眾人平安。

屋外傳來擾攘聲。開門，看見有村民憤慨地大聲咒罵、嘆氣。我見到有客家婆婆邊罵邊哭。再看到陳美靜瑟縮一角，雙手掩蓋著臉龐，渾身濕透，無聲地飲泣。村裡年輕的男丁最激動，他們齊聲說要立刻去幹甚麼的。

費教士花了好一段時間，才從村長口中弄清楚，究竟發生了甚麼事。

這段日子，村長與幾家男丁到對海的半島開墾新的田地。島上地方有限，耕地不足，生產的糧食自然亦不足夠。村長早就打算往附近的島嶼開拓土地。以為已跟朝廷官員打了招呼，便沒有問題。豈料開了荒、下了秧苗後，便有人跑出來喝止，說土地是他們村的，誰讓你們來這裡霸地種米？客家村本來與大岸上的本地居民關係不算和睦，幸得村民有人懂得做鹽，以相宜的價錢與大岸居民交易，才令村民有平安日子過。年輕的村民一直認為大岸人無理取鬧，明明是要欺壓他們了。更想不到，風暴前夕，陳美靜與一些村民趕往大岸送鹽，竟遭他們一幫大岸人調戲、侮辱，男丁們決定率眾往大岸復仇，卻被老村民勸阻。

眾人爭持著，想等待費教士的見解。

國家有國家的法律，天國有天國的天規。費若瑟為眾人祈禱後這樣說。絕不可以私了，必定要相信法規。

風雨愈強勁了。年輕的村民儘管沮喪，也不得不回家躲避風雨。

暴風持續了一天一夜。山上許多樹都吹折了。山丘被削了前額，傷痕纍纍的泥石淹了半條村路。風暴那夜，我的心被強悍的風吹得忐忑。我想著陳美靜低泣的樣子。岸上的文明人為甚麼都像野蠻人？因為他們未接受基督的感召？我還以為我已告別了那個弱肉強食的世界，可以重新學習做一個完整的人。在我往日那個世界裡，晚上不可以打側睡，一定要平躺著，讓猛獸夜裡也可以看見你的臉，牠們就不敢立刻跑過來吃掉你。平躺，也可以隨時躍起，對付深夜來偷襲的敵人。我不是已經離開了那裡，來到這個以大愛宣揚道理的新天地嗎？我腦中不斷湧現著面孔、情景。以往的、近日的。見過的、從未見過的。都是有聲的、嘈吵的，時急時緩地敲打著我。我已搞不清風暴的吼聲，是不是已穿透了我的軀骸。

費若瑟一夜沉默。我們都醒著全神看守住破舊的佈道堂，互相不發一言。

彌撒過後，村民沒有像往常般恢復平日的勞動。各人回家修葺損毀了的房屋。也有人隨村長去重建村路。

陽光剛剛從雲裡瀉下來時，有人看見有數艘大船向海島逼近。船上齊齊整整的站了人。從來沒有這樣多的大船駛來海島。

當船隻泊岸，不少村民已聚集在碼頭上。

殖民地的官兵，手拿著武器，一個一個地登岸，然後列隊排陣。官員對村長說，他們奉命來到島上捉拿海盜。

岸上居民在暴風夜裡發現，他們的農田遭人破壞，欲阻止時，卻被幪面的海盜襲擊受傷。他們報稱，看見海盜坐上客家村的漁船，逃往海島去。官員表明，他們懷疑客家村在島上窩藏了海盜，要求村長交出這些疑犯。

事情太突然了，我無力理解，亦無法憶述這件事。年輕村民十分激動，大聲鼓噪。費若瑟以他虛弱瘦削的身軀，停立在殖民官兵與客家村民之間。他們開始相互推撞、拉扯，身體觸壓著身體，糾結的纏作一綑，像我從未親眼見過的細菌。

不能像他般平靜了，我的身體已在躁動震顫。我彷彿看見那個孤身饑餓的旅人，被猛獸狂追，遭毒蛇吞噬。那種情境，他還可以選擇嗎？抬頭向高處望，我看見自己被釘在山上的十字架上。血從我的手掌與腳背不停的淌下來。那應該不是甘美的瓊漿玉露。

沒有玉露，也沒有奇蹟。我多年來受教導的意志，要我選擇。在進退維谷、已經沒有選擇的情況下。我相信只有主，看見真相。

我選擇做費若瑟和客家村民的禮拜五。受難的禮拜五。他們忠誠的僕人。

一切彷彿都只是在瞬間發生。「我才是海盜！」我放聲大喊，沒想過那些洋兵聽不聽懂我的說話。情急之下，我本已簡陋的客家話變成了荒誕的異聲，村民也不可能明白。

我奮不顧身，猛然撲前，強搶殖民官腰纏的手槍。電光火石間，我緊盯著洋官被驚慌與愕然夾雜著而瞪起的一雙綠眼珠，甚至他賁張的濃密紅鬍子。我毫不猶豫左手抓他的衣領，右手便擒住了槍套。手槍還未拔出，我後腦枕突然遭受重重一擊，強烈的疼痛，一陣暈眩，眼前卻見到遼闊的戰場，兩軍正在交鋒。再看，在地上已陣亡的，可不就是我自己和費若瑟？

海島展示在水天一線之上，部分沉浸在未消散的雲霧中，漸漸地遠去。天空不久已變得熾熱如火燒。幾隻海鷗在空中盤旋，突然一隻朝水面俯衝。牠剛觸碰到水面，立即縱身一轉，拍動翅膀，又直上高空。

我平躺在船的甲板上，如獵獲的猛獸般，全身被緊緊的紅頭繩綑縛著。金光萬道，我正面迎向太陽幻化之境，任由火光穿透我的身體，猶如沐浴在陽光燦爛中，洗滌往日致命的污濁。我內心平靜，充滿了帶著些微痛苦的無盡喜悅。

走房

已經不是第一次了，與子女及他們的女朋友、男朋友一起往外地旅行，妻為了分配酒店房間的問題，煩惱了一陣。上次到L城，妻租了一間酒店式公寓，三個房間，因為大女兒的男友沒有同行，妻以為讓女兒與兒子的女友同房，兒子自己佔一個房間，問題便解決了，想不到兒子會問：為甚麼他不可以跟女友一個房間？那邊廂，女兒也質疑：為甚麼弟弟可以自己享有一個房間，她卻要跟她不太熟的人擠在一個狹窄的空間裡？結果妻就讓女兒獨佔了一個房間，兒子和他女友的房間裡是一張分上下床鋪的床。妻對兒子說，你們的房間狹窄，晚上最好不要關上房門，空氣就不會侷促了。妻晚上故意走出共用的客廳去喝水，看見兒子和他女友房間的門是關著的。

他對妻說，年輕時我們往酒店同住一個房間，哪有人阻撓的？你算了吧！他對妻說著，心卻在想，年輕時我們怎會跟父母一起去旅行？又怎麼會像現在的年輕人那樣，一切事情彷似理所當然？那時候，妻的父母其實也有不少顧慮。他們還未註冊結婚，但他已經常和她家人一起晚飯，儼然已被看作未來快婿。不過，當他提議與未成婚的「妻」二人到越南旅行時，她的父母都搖頭反對。

直至要等到九七回歸當夜，他們花心思約了一班朋友，先到她家擾攘一陣，然後假裝一起離去到夜店消遣。他其實早已在城門河畔、現已拆卸的度假酒店訂了房，誓要與「妻」共度良宵。跟朋友告別後，「妻」致電回家，說友人玩得高興，要派對到天明。她爸是個老愛國，陶醉在一片「全港同胞熱烈慶祝回歸祖國」的氣氛之中，不以為意。

酒店房間內的電視直播著會展與街道的準備交接情況，又播出末代殖民總督一家離開港督府的畫面。外面開始下大雨了。他無心看電視，也聽不到雨聲，更沒留意空調風口繫著的紅絲帶，像旗一樣飄揚，只管把她抱入懷裡，忙著除她的衫鈕。他們好像沒有時間的餘裕般，兩個軀體只顧互相扭抱繞纏著。他沒有察覺電視一直開著，他只是貪戀著慾望地在她身上搜尋、啜咬。報復式的樣子，他們在狹小的酒店房間沒休息地交合了好幾次。直至電視傳來尖銳的國歌聲，他倦極的眼皮未完全閉上，看到國旗在室內升起時，他只感覺陰莖撕裂地痛，軀骸徹底軟癱在床上，如墜進黑暗中般昏然入眠。

在家或離家，成長中的他總是被教訓：這裡是學校，不是你的家，要好好的遵守紀律！這裡是公眾場所，不是你的學校，請保持肅靜。這是圖書館，不是你的私人空間，不准喧嘩吵鬧的！然而，即使在家裡，他也一樣受責備：

這是你的家，不要亂放東西！弄髒了梳化！他大學時讀到規訓、控制社會的理論，分析人如何從小到大、由老至死，都在不同空間中被訓練、操縱，以至懲處：家庭、學校、工廠、辦公室、公共領域、養老院、醫院、墳墓甚或骨灰龕。所謂自由行動，不過從一個房間到另一個房間而已。讀著讀著，他雖身有同感，但心裡卻有一角僥倖。他認為自己找到了一個不被外邊操控的空間：女友大學宿舍的房間。

那個年代，男生晚上是不許留在女生宿舍裡的，而且宿舍都是雙人房，也不方便跟女友怎樣。不過，他的女友是比他稍為年長的研究生，又是宿舍的導師，可以獨自佔住一個單人房間，他就可以暫且用作時鐘酒店了。在眾多限制下的小小歡愉、丁點兒的自由放縱，他只是渴望纏綿可以延綿下去。

大學生活是短暫的，大學生的親密關係也多數不能持久。他沒有了免費的時鐘酒店，不過也很快有了新關係。經濟能力有限，他帶女友往離島的度假小築。房間設備簡樸，窗外是沙灘，看得見海景，可以了。這裡是酒店，不是左不許、右又不准的地方，他想怎樣便怎樣罷！

酒店於他，從來都不是甚麼龍門客棧，有幸或不幸遇上三山五嶽的神祕陌生人，引發一宗宗的罪案或傳奇。他的酒店只有房間，華麗的大堂他沒興致停駐。他的酒店與世無爭，不是任何一個社群的縮影，如果沒有女友作伴，他也會入住酒店。他記得已經拆卸的六國飯店，只因為房間裡層層厚重的垂地黑窗簾。他做第一份全職工作時，沒空約會，晚上偶然會跟女友入住。大概五百元一夜，可以接受。疲累的一夜，房間在窗簾的掩蓋下，完全暗無天日。他睡得很熟很死，慶幸明天是假期，夢想可以這樣永續下去。他突然醒來，房間窗簾厚重，室內黑漆一片。他無法估算是甚麼時候。他伸手試圖找燈掣，卻摸著身旁滑溜溜的肌體。他的手順著立體的曲線游動，他就硬了。擁抱著，感覺到溫熱，他只看見黑暗，卻射了。

日常生活空間狹窄，雖然他家已從「公屋」搬到「居屋」。多了自己的空間，但睡房還是要與兄長共享。他佔據上格床，可以免遭常常夜歸的兄長吵醒。他與兄長並不親近。說不出原因。同床都異夢，何況只是同一個空間成長、生活？兄長會帶女友回家過夜，就在下格床蓋著被幹起來。他覺得這樣無恥，但又說不出口。他發誓不會這樣。然而，究竟怎樣不這樣，也十分含糊。

他有假期便與女友往外地跑，住各式各樣的酒店，臨海的、繁華街景的、有露台的、有小型按摩池的、郵局改建又三尖八角的……即使在房間裡不過是做相同重複的事。能夠不重複，他遐想，除非入住的是不同伴侶。他在職讀外國的遙距碩士課程，有幾個星期要到那邊的大學上課。他留宿的大學城，正巧有他主修學科的全國周年學術會議，在城裡的酒店舉行。他與外國同學一起去湊熱鬧。那門學科的全國精英都來了，他和同學們聽著名教授的專題演講。在接待酒會上，同學們都在暢飲，他聽著外國女同學笑嘻嘻地談艷遇。

女同學說，她剛找上了那個專題演講的教授，很快便上了他的酒店房間呢！另一個女同學隨即大叫：我才跟他在房間裡幹了！你是甚麼時候去的？她們兩個人帶醉地互相調笑、尖叫。他在旁喝著他第三杯紅酒，分不清是真是幻，是信是疑。

他進入了高等教育界，當上高級行政人員，開始單獨到外地公幹、開會。一個人在酒店房間裡，他偶然感到寂寞。通常與開會的人，應酬到很夜，回到房間立刻便睡了。也有不能入睡的時候。他瞞著妻，把一、兩個避孕套放進了手提行李箱內，眾多的個人旅程中，他一次也沒有用上。回來，靜悄悄地把避孕套從行李箱裡取出，鬼鬼祟祟地將它們放回原處。一個人在空蕩蕩的酒店床上，受著時差的煎熬，彷彿聽到隔壁的呻吟。他想起有人長期被軟禁在酒店房間內，只有受拷打盤問的時候，才有機會遭帶往另一個酒店房間。這裡是酒店，不是你以為可以快活、爽個夠的地方，聰明的快快招認！反正全世界都將要知道，你是來嫖妓的！

一家人旅行，兒女還小，四個人睡在同一張床上。兒女熟睡了，妻怎樣也不肯跟他纏。她感覺不自在。與家人旅行，他居然孤單。兒女快速成長，家庭旅行，儘量找兩個相連的酒店房間。一門之隔，隨時互相照應。妻還是感覺不自在。與他纏，也不暢快。實情是，他也漸漸有慾卻無力了。得不到往日淋漓的滿足，妻早已不理他，在旁邊熟睡。他躺在床上，望住關了射燈的天花，呆呆的，感覺恍惚擁有了，又恍若失落。

酒店房間不斷轉換，每打開一道房門，他看到的都是一式一樣的床：被單都攝進了床褥下。沉悶的整齊。這裡是酒店的床，不是你的地方，雙腳不可以亂伸出來！他愈來愈不確定，哪裡才是自己的地方。那些年，社會動蕩與疫症蔓延，他只能在家工作，每天與其他人，包括那些知名大教授，各自在家透過視像開網上會議。他看見了很多人的私密空間。大教授身光頸靚、趾高氣揚、重視儀容，家裡的書房卻有點凌亂。書桌堆疊了不齊整的文件，櫃上的書放得歪斜，毫無系統。他看在眼裡，當然不會就此發表意見。他其實並不把私人空間等同身分象徵，或脾性透視。房間不一定任由使用者創造、擺佈。他畢竟是過來人。

最近一次家庭旅行，繼續住公寓式旅店。妻沒有再堅持，問女兒與她男友，給你們一間只有一張大床的房間，可以嗎？然後讓兒子和他女友入住上下床鋪的房間，提醒他們，晚上最好不要關上房門，好任空氣流通。

晚上，妻已睡熟。他走出客廳，黑黑靜靜的。兒女的房門都安然閉上。窗外，只有微弱街燈的反光。

滅渡

如是這般，每天港澳往返，坐噴射船，從害怕風浪到習以為常，不覺簸動，已經多年了。我一點都不覺累。我早有一套防護裝備，擋住風吹雨打、山崩地裂、頭暈身熱。我喜歡船程的秩序，讓我由混亂中釋放出來。我喜歡噴射船離地，或該說是離開水面？沒有磨擦，像凌空地飄。飄，彷彿如寥如靜。我是幾時學曉靜下來的？不是下來。靜便會浮起的。或許因為坐船。或許不是。船上通常不會有中途站人來人往的熙熙攘攘。外面即使波濤洶湧，船艙內還是靜默安全的。我慣常的夢，密封的船艙慢慢被海水浸滿。我是魚，漂離座位，在艙裡游去游來。口鼻滿腹都是水，有滯悶窒息的假象。反正沒有永久的平安吧。來之安之。可以來靜了。心態改變了？做不到的事情，就不要太勉強。我其實知道的，兒子在外太空漫遊。他是外星魚。我是怎樣也無法把他拉回地球的。

明明知道，卻又硬是要試試。最後只會大力拍打枱面。啪的一聲巨響，把自己也嚇倒了，也叫醒了，只是沒把兒子叫喚回來。我從互助會那裡，學習做一個能夠在家訓練自閉症兒童的家長。每天夜裡，我便按著課程的指示，跟兒子上兩個小時的家教。學不會就是學不會。我希望兒子未來在牛津、哈佛畢業。我自己只有本地的大學學位。兒子自閉，IQ也不平常。何謂平常呢？自閉，也幻想他是亞氏保加，智力超人。很簡單的砌圖，我抓住兒子的手，拼圖、排次序、為顏色配對。然後放棄。我望著太太的照片，看到她在微笑。我嘭嘭的跳動的心，撞上了家裡四壁的牆。明白心如牆壁是甚麼意思。也許不明白。那段日子，下班回家，太太跟兒子的搏鬥大致已告一段落。一天的戰爭結束，我們三個人只剩下和和氣氣，摟摟抱抱。我們成了接吻魚。

一起晚飯，一起看電視，一起浮游在短暫的夢裡。太太當然埋怨兒子有多難教，但話題也很快地轉換往還，輕輕鬆鬆，渾渾噩噩，又過了一個晚上。即使原地踏步，即使事情無任何進展，時間依然不知不覺就了。將就將就，日子不算難過。難過是最初，兒子一歲多，認知與情緒愈來愈怪異，近乎無法照顧。醫生診斷確認他有自閉症。太太哭得死去活來。我也哭了，心裡痛。我安慰太太，幼子無罪，都是基因遺傳，也許我們全都自閉低B。黐線！太太破涕為笑。我們不認命，四出求醫，無窮盡的腦科、精神科、心理科、音樂治療、言語治療、中醫針灸，以及氣功與另類療法等等，還有信主拜神，沒有一樣我們會放過。放不開，就是放不開。求神或求醫，要排長長的、看似無盡的隊伍。沒有想過，世間竟有那樣多的家庭，渴求這樣磨人的治療。心微微有踏實感，但也不特別好過。

我們不也是要跟他們爭有限的資源嗎，即使在完全不同的起跑線上。多樣的治療，經歷了一段時間，看不見兒子有顯明的進步。勉強他試這試那，兒子的反抗更強力。反噬的困獸，情緒與行為更難受控。心更灰了。或許有虛假的希望。不懷妄想，可能舒服一點。我渴望舒服，而太太舒服地走了。太太辭了工作，專心在家照料兒子，也不再盲目去排那些沒完沒了的長龍了。本來足不出戶，怕了別人的白眼，甚至說沒家教的。還有親人的閒言與埋怨。太太堅持報讀照顧自閉兒的課程，有時也迫得帶兒子外出。原來兒子愛坐長途公車。在較長途的交通工具上，他會安靜、合作，即使有時因不同的車種或車身顏色讓他興奮雀躍，甚至些微失控。我們不求控制許久了。沒甚麼是控制到的。公車來或不來。公車到站，又自行開走。都由他吧，我們亦不逼迫自己。

自然，啟動了我們的旅程。起初是郊野公園、行山徑，然後所有離島。即使是城市附近的水塘，時間不全花在交通上，只要讓兒子在廣闊的山野中走動，他都會變得平靜。也許他困鎖的空間比我們理解的要大很多。也許在那個宏大的寰宇裡徜徉溜達，他更不願意走入我們狹隘的俗世了。也許，他根本沒有受囚禁遭封鎖。最初以為是有效療法，原來不過是過渡，並不是黑漆隧道的光影盡頭。我們，是我們，把隧道一直掘下去?去澳門、返大陸、飛台灣、飛往日本、韓國與大半個東南亞，短途機他都不吵鬧，甚至比長途車更安靜。一家人於是去得更遠了。一趟蘇格蘭自駕遊，又一趟新西蘭自駕遊。空間寬廣了，人也就輕鬆。我們不是富裕家庭，太太又不上班。我只說兒子帶挈我們遊埠。福氣!福氣!不如就移民吧。太太有天會這樣說。

幼稚園的經驗，兒子不是過度活躍便是極度不聽指令。我們已經習慣了被勸退學的感覺，也習慣了別人拳拳盛意慫恿我們入讀特殊學校了。太太堅持家教，兒子不是主流，也非殘疾智障，他不過是另類。這裡卻總是排斥另類。太太付出所有，在小小的家裝置感覺統合訓練設備。睡房是懸吊設施。客廳放了彈床，飯廳滑道板。兒子天天軍訓，改善體覺和前庭平衡感，並操練大小肌肉的運作。太太忙出忙入，報讀不同的訓練課程，學習眾多的醫療字彙。懂得精明理財也很重要，計劃著成立兒子的信託基金。我不肯定我們有能力供款否。我鬆脫了座位的安全扣，避開了迎面漂來的垃圾桶、救生衣，浮游到船艙的另一端。這邊的挫折、不快，卻總讓人想像那邊的美好、滿足。不像兒子的我們，哪裡知道他其實一點都不貪婪，一點都不奢望要往另一個世界去？太太信念，那邊，他就是得水的魚了。

魚長得很快。兒子瞬間已高過太太了。如果太太未走讓他量。我們想過辦移民，想過賣房子。房子還要供二十年，賣也賺不夠我們需要的。教他讀臉，教他同理心。別人的臉真的成書了。他學易地而處。我們也學習不發怒、不責備、不懲罰。他的發展障礙，也是這裡的發展障礙。高樓繼續蓋，道路繼續堵塞，整個制度也愈擠壓，令人更焦慮、無奈。太太已做了最艱苦的部分，熬過了不長期吃藥的治療，社交技巧雖無寸進，但把兒子的自理能力訓練好，好像在準備了我的離開，準備了她的離開，也準備了眾人的離開。公司要我到澳門監督建築工程。我說我不能住在澳門，於是開始了每天的港澳來回船途。我整天不在，兒子只能依賴學校。即使奔波，我卻有了我的管道躲避。躲一時，便一時了。半天就是半天。反正下半生要跟兒子形影不離了。

大笨象要過大海，浮不起來的，就潛行底下好了。我和兒子坐在噴射船上。窗外的天空煙花爆放。篷，篷，篷。在艙內只聽到聲響與閃光。然後更大的一聲篷。猛烈的撞擊。沒扣安全帶的都跌倒地上。有人開始尖叫，船艙入水了。兒子依然平靜。太太走了，兒子似乎沒有特別感覺。這樣好。他未必不懂，只是他的天地裡可能還有媽媽，這樣豈不是更好？我最艱苦混亂的時刻，他的平靜給了我力量。太太的家人來幫忙照顧了幾個月，之後僱用的保母辭職。壓力太大了。我只能靠自己，也靠兒子自己。每天早上煮個簡單東西填肚，送兒子上學後返工搭船，放工泊岸後到託管中心接走兒子，一起到餐廳吃晚飯。沒聘傭人了，以前太太包辦的，之後單打獨鬥，或是與兒子的雙打。船程打瞌睡時，我以為自己是魚，在注滿水的艙裡。但那次我全看不見水，只聽見人的尖叫。

回家後不再做家教了。與兒子相對的時光變得悠閒。只讓他砌砌圖。砌他喜歡的。一起網上看看YouTube。他半小時可砌好二百塊的拼圖。YouTube他不揀擇，常看得嘰嘰笑。兒子專注玩樂的時候，我享受了無比的寧靜，大家有各自又共同的開心。以前為他忙得頭昏腦脹，忽略了他的感受和需要，也顧不了自己的需要和感受。不像在船上看電影，每人座背上都有一個屏幕，一起往電影院看戲，免打擾他人，每次都挑電影快落畫時才去看，再選一些角落位置。中場帶他去一趟廁所，中間錯過幾分鐘的畫面情節，一般都能把戲看完。只有那次，他看見戲裡小孩的慘情，默不作聲地不停流淚。我忍不住，帶他離開。他沒吵。我可能記錯了。船上通常沒有電影看。我平常不會與他過澳門的。

有時我想，愈像兒子了。只喜愛刻板與重複，拒絕接受改變。自主性格又強，對模仿別人不感興趣，也缺乏要模仿學習的動機。可能一來不懂跟從，二來也許不想跟從。但又能持續專注於物件的某些部分。不會分心，不受外力左右。眾人亂哄哄，要船快快開走，不然就沉下去了。我從兒子的眼裡看見，前面被撞的龐然大物正在迅速下沉。我不想騷擾別人，兩人都牢牢的站著不坐。他坐著時雖靜，但有時動作比較多。我知道他有方法，他對自己說，安靜安靜，告誡自己不許亂動。不論行程多遠，我們一起練腳力，每次搭地鐵都不佔座位，讓座於他人，也一併鍛煉了體魄。他比我高了。還像兒時，兩個男人了。走進車廂，繼續十指緊扣。下一個站是九龍塘或油塘，我和他都牢牢站好，即使座位空著。我會把頭湊近兒子耳邊，短促說幾句碎語。不管別人說甚麼了，各人只顧看自己的手機。

爬山的時候特別快樂。我很喜歡陪他在山上跑。他走得快，山路上跳跳蹦蹦，嘰嘰笑。他體力很好，上山氣也不喘。他每一步都在鞭策我。不要老得太快。我對自己說。到了梧桐寨的石澗水瀑，我們脫了鞋子，捲起長褲浸水。

這時，他是水裡的魚。每年都去長旅行，他一貫在飛機上都安靜。我為太太，努力維持這個家裡的傳統。他也許覺得媽媽是一起去的。與他出遊不麻煩，不太理想的狀況，都不會嫌棄任性，也永遠不會投訴行程。只要有戶外或大空間給他跑跳，他就快樂。嬉山嬉水，他胸中的山水，未嘗不呼應綠水青山。我鬆開手，抓住他的手臂，即便抓得高一點，也不是要控制。同志情侶也不會這樣拖手。由始至終，無半點閃縮。又何必畏山怯水呢？

溫哥華親戚問兒子成年後的出路。他應該不會成為行徑古怪、思想刁鑽的大學教授了。雖然我覺得他可能是亞氏保加。如果不入市場謀劃生計，也許就獲派庇護工場，或繼續在展能中心接受不知效果的訓練吧。哪一種情況，都要替他排一條很長很長的隊。信託基金沒有成事，我一併替他輪候晚間宿位的服務。他也許不需要。他有自己的山水，但宿舍是終老的地方。宿位輪候的時間平均十幾廿年，兒子中年以後便能獲取錄。路也許不寬，機會也不多，人心也不算廣。我知道他懂得調整他的世界，這裡與那裡其實也不差距那麼大。我早沒有固執父母的思維，希望兒子獲取甚麼，過哪一種的生活。他不是沒選擇的。他並非不懂人與人之間的關係。只是他會問，這世界是否真正存在？真假也好，世界，不管哪一個更真實，他知道，只是一個讓他與人一起生活的交叉點。我沒想過，我顧著兒子終老的問題，我自己的終老誰為籌謀？哪天有空，我一定要把準備身後的事宜，都一一寫下來，像應用手冊般寫清楚。但誰又說得準，哪個先走？每一天能與兒子過得不壞，便是了。

沉重的，不可能浮起來。笨象笨鈍不是脫兔，更不是良駒駿馬。跑不動，逃不了。離去的已經離去。我們隔著窗玻璃，看見許多人沉下水裡，一直地往下潛。沒有呼吸，沒有聲響的呼叫，只是沉默。天上的煙花隆隆爆放，底下是死寂寥渺。那裡沒有救援，而這裡唯有恐慌的一念想著逃生。我們都以為自己的船給無端撞了。我們都以為自己是無辜的受害人。是真是幻，玻璃內外，疏離的感覺尤其強烈。兒子一開始不想被干擾，但他不知道，他影響了身邊人，改造了我們的世界。即使曾經我天真地以為，是我們改造了他的。

不管是甚麼世界，發生了甚麼事情，重要的不是世界吧，是世界上的他和我們。沉下去的，沉得很深了。沉埋到再看不見的深淵。沒有飄，但也可以有靜。

同舟

船是他的唯一工具。內部掏空了的工具。亦無奈地，只能飄浮在從不穩定的海水上。不是一開始他便覺得自己像船的。許多年後，他才明白，空洞的東西才可以浮。甚至奢言載物、載人。空空洞洞未必不好呢，尤其是人人都要填得滿滿的年代。滿盈盈的，最終都是要沉下去的，在水平線下埋葬。他空空的，居然妄想要隱匿在水下。有一大段時間，航海，或者一般人說的「行船」，於他而言，近乎「潛水」了。就是不讓人容易看見、查找得著。大海茫茫，可不是說見便見、要找便得著的。實情是，也不關乎他人。誰想看他、誰又要找他呢？那時候，他的自我價值無疑是低於水平線的。汪洋中航行，無岸又無邊際的，恍若。他也不想看見自己，尋獲自己。即使在大船上，人依然是渺小，特別是身處六、七米的巨浪之上，船身畢直的似向天膜拜，他不再感覺自己還在船艙裡，彷彿已經掉入水中了。

船是他掌舵及管理的。當然不可以任人掉入水中，甚至不能讓乘客有掉入水中的憂慮。他們乘坐他的船，不過是為了開開心心，不為要到達甚麼彼岸。他懂的，也細心。他每次都安慰搭客，船出了維港，就不會顛簸了。維港狹窄又繁忙，噴射船翻起了不少湧浪，跟天氣跟風跟潮汐全無關係。他不厭其煩，重重複複，不過為了他人的安心。看煙花匯演的晚上，他又再三叮嚀，乘客毋須擔憂，船會停在防波堤內，平穩安靜的，他們可以放心拍照，細賞煙花的美麗。遠洋「行船」的日子，他要兼顧的事情其實更多更繁重。貨輪永遠都在趕日子趕碼頭趕上貨落貨，不能有差池。除了大型的豪華客輪外，他差不多跑過任何類型的船。散裝、貨櫃、化學油輪等等，做過甲板又做過機艙，從水手長、三副升到二副，卻沒有雄心去考大型輪船的船長牌。汪洋中始終會擔心難料的風浪，近岸航行又經常要提防海盜登船。他最記得貨船有次在馬六甲近印尼的外海放錨，他負責在甲板上巡邏，看見不少小漁船繞住貨輪圍聚起來。他搞不清他們是漁民、想兜售地道物品的小販，抑或另有居心。他只知道，一定不能讓他們登船。他和其他船員在甲板上大聲吆喝，制止眾小船靠近。眾小船最初不理會，繼續圍攏過來。他看到漁船上的人有用紅繩束起長髮的，也有戴上頭盔的，但沒有見到任何漁具或商品，他疑心更大了。直至甲板上有船員取出皮龍水柱，作勢要射向小漁船，圍過來的船才逐漸散去。他還記得，那刻的心在嘭嘭亂跳。現在倒悠悠閒閒了，遊艇乘客慢半點鐘上船，慢半點鐘下船，也不當一回事。船是他的工具，他用此引發乘客的情緒效能。為他們帶來興奮與快樂。或者刺激與緊張。

何時開始他才體會到搖搖晃晃、動動蕩蕩的快樂？波濤牽起那種強烈的擺動，反而讓他感到實在。當然還有嘔吐的實在。胃與小腸的猛烈抽搐，口腔與食道灌滿了餿臭的穢水污物，都令他完全無法抽離自己的肉身之外，只顧沉溺在一己的思緒觸感裡。風浪不會因他不斷嘔吐而稍息。好幾天的暈船狂吐，是每個行船者的必經履歷。他慶幸不在漁船上工作，少了魚腥味的折磨。自然要毀滅他，或要養育他，也不過出於偶然。不見得就是命定的。這也許是他「行船」以後的得著。儘管潮漲有時，潮退亦有時，時而浪急，時而平靜，他知覺這些規律節奏，不等於不可變更。他的回歸，也許就是要變更與家庭的關係。他覺著欠妻太多了。那些年的分隔，他歸咎是妻抑鬱症的一個緣由。還有女兒無法挽回的問題。他都歸結是自己不在她們的身旁。大海使人謙卑。他回來是為了補償，然而罪疚感其實不是太強。或許是性格缺陷，慣性地逃避責任。他不是她們的太陽。沒有他，他知道，她們依舊自行運轉，甚至可以轉得更好。她們轉壞了，從他的視角而言，就是個機緣，讓他救贖自己，嘗試做個比過去好一點的丈夫，做一個好一點的父親。不過如此。

大海中晃悠晃蕩也可以是另一種沉悶，一種厭煩重複的節奏甚至詛咒。即使後來他當上了二副，要管的事務增多不少，又需額外值勤，重新學習化學品的操作等等，回到狹小的船艙休息室，聽見其他船員綿綿的鼾聲，那些縈繞又想忘掉的東西，便再四方八面聚焦過來。海浪的起伏，接連胃裡消化著鮮魚與燉菜的收縮與釋放運動，也牽纏著即將無止境地欲沉下去的情緒。好一段時間，雙腳未有實實在在的踏在陸地上，閒著便覺得恍惚。「行船」，閒著的時間，始終是多的。機器的恆常噪音，疲累時有催眠效應，但無睡意時，卻是個可厭又可怕的干擾，令他不由自主的在艙內繞圈，體內的氣與液流猶如憋住了。到真是受不住了，他會離開船艙，跑到甲板上去。甲板慣常地不平靜，不是風太急太猛，便是寒意逼人，並非可以久留的地方。那時他會到駕駛室去，看船長或大副靜默地開船，就算不是他值勤。駕駛室是全船最靜的地方。船員要專心聽不同的信息，讀雷達，看發光儀器板上不停轉變的數字。他以為，靜是因為船長在開船。他記得少年時代見人在郊外寫生，他可以走到背後看人怎樣畫，卻不可以發出聲音批評人畫得怎樣。他當上遊艇船長，跟公司的知識份子接觸多了，他慢慢會說，開船是門藝術。技術不過是它的基本功。

船是他服務上層階級的工具。不過，工具不是他的。遊艇是公司名義的。他不過是工具的工具。本來階級意識不強的他，因為女兒的說話吧，他自覺成了「有錢人的船長」。他一向只會將人分為開心與不開心的。以前在貨輪上服役，從來不會見到船公司的大老闆。船多數在巴拿馬註冊，貪圖監管寬鬆，對貨輪的保養要求並不嚴格。貨輪老闆是人是鬼，是男是女，根本不是他這類員工可以知曉的。直轄上司也不過是比他多了些航運知識的技術操作人員，同是打工的，也是同乘一條船的。多年「行船」，他了解船出意外，不是純因為風浪。其實主因在保養。幾十年的舊船，欠缺維修保養，仍然讓它近岸冒險作業，他會說，那些就是無良老闆。他老練了。回來，他考了船長牌，便揀了遊艇做服務的工具。這些船，老闆才會坐，保養必然最好。公司是合伙人形式的，不容易分清誰是大老闆。他畢竟世故，即使半生在海上，其實閱人不多，也不難知道看誰的語氣行為氣質，便辨別出大老闆的身分。他實際也不是要討好誰。這個工種確實需要多說點好話，譬如向乘客介紹遊玩景點。他們上船不外是為了娛樂。

輪船上的船員，各做各的，三班輪替，聊天見面的機會不多，時間久了他的話更少了，跟啞巴似的。回來反突然說多了，不知是不是憋得過久。也敢情是女兒愛撩他說話的緣故。起初他還以為跟女兒該有許多許多的隔閡。她出生、成長、學業的所有重要時刻，他都全不在場。妻耿耿於懷，女兒卻似乎漫不經心，並不在意。反而對他的航海經歷甚感興趣，回來都是拉著他問東問西。他亦不得不搜索枯腸，盡平生所識，解答她的問題。他不信命運，不拜神也不看相，但有點相信女兒是他的命中註定，甚至可能決定他的命途。因為「行船」，也因為與妻的感情問題，他們「行埋」的時候不多，居然還能誕下女兒。他從不懷疑女兒不是他的骨肉。她生下來便是他的樣貌，身材也高高大大。他後來才知道，她在學校受到欺凌，被同學笑她肥。他選擇相信，回來是為了她。甚而選擇專攻遊艇知識，也是為了她。不知哪時開始，她迷上了遊艇。要應付她的刁難問題，他也得花時間在這門他本不熟悉的學問上。陰差陽錯，操作與管理遊艇，他其實是新手，但理論知識因女兒的關係變豐富，反而獲得那些知識份子老闆的讚賞。

船到橋頭自然直。他曾這樣對妻說。女兒的裝扮問題自自然然會好起來的。他清楚知道船身都是弧線形的，到了橋頭或碼頭，也不會因此變直。直或彎，只是視角的緣由。十多歲起，女兒已開始拒絕作女孩子的打扮。不穿裙，不蓄長髮，不戴乳罩，遠看只像個高大的男孩。妻當然擔憂，也不接受。為此與女兒吵。愈吵，女兒愈反叛，愈像個男孩。那次他在場，女兒嚎哭著，激動的向妻回罵：你當我是沒有「舟舟」*的男孩好吧！他一時沒有聽懂。幾

* 編者註：粵語中男性生殖器俗稱為「賓周」，在此「舟舟」應為「周周」的近音，敘事者理解為年輕一代咬字不正的「懶音」。

秒後卻笑了出來。聽見他笑，女兒好像也有點破涕為笑。他覺得。年輕一代的懶音嚴重。

船上的男女老少皆說要看海豚，中華白海豚，皮膚粉紅色的那種。他心想，哪裡還有海豚。簡直是瀕危熊貓了。海魚也沒剩多少了，誰養育牠呢？跨海大橋工程、人工島、機場擴建，全把這一帶的海水搞得翻天覆地了。海上垃圾倒不少，不過遊艇搭客不會想看。一、兩次的假日出海，也不容易看見海上垃圾。近岸或碼頭旁邊的海面，其實總是漂浮著不少飲品膠樽、發泡膠、膠袋、煙頭及打火機等被棄置在水裡的廢物，只是乘客忙著登船或下船，很少留意。即使看見，也不會放在心上，影響遊玩的興致。他也小心翼翼，不會把船駛近佈滿了垃圾的岸邊與沙灘，不讓乘客納悶不快。以他的經驗，雨季時儘量不駛去吐露港、港島南區、南丫島一帶。旱天則不往大鵬灣、西貢大浪灣附近的海岸。他懂逃離海上垃圾的航線。他懂逃。

如果船曾是他遠走他方的工具，回來他漸漸感到大海茫茫亦是脫逃不了的。女兒不這樣想。或者她不是要逃。她只想走，或找。中學畢業，便報讀了海事訓練學校。妻固然反對，他也反對。各自的理由未必相同，不過他知道一個女人在遠洋輪船上會有甚麼遭遇。他和妻都明白，反對不會有效。就讓她試試。年輕人大多怕辛苦、怕離家，試了便會放棄。又不是沒有其他機會。遊艇的水手本來好當，工作清閒，但還是難找人。年輕的愛轉工、怕悶，不單止，有志長期船上工作的，都想當船長。於是，女兒偶然在他的艇上做替工，穿上純白的水手服，真像個英俊男兒。年紀較大的乘客，有時錯叫她「阿哥」。不是長工，不必經公司的聘僱程序。老闆也沒說甚麼。他也不提他們的父女關係。他倒有點怕，她替工的經驗太愉快，讓她對「行船」有不必的幻想。他不想面對，女兒可能重蹈他的既往，徘徊在任由她又不情願之間。

船身今天比較擺盪。海面吹著大東風。剛入冬，菲律賓那邊還有颱風，雖然距離頗遠，但橫流卻帶來偶然的疾風，不時翻起白頭浪。他行船多年，明白不是經常出海的乘客，可能較易暈船浪。遊艇是公司的，合伙人與高層員工輪流或以抽籤形式使用遊船服務。因為要等好些時間，即使天氣不是最理想，輪到的員工大都不會放棄這個出海機會。遊艇有三層，最多可容二十五個乘客。所以不單止一家大細，輪得遊船服務的員工都呼朋喚友，像開遊船派對，取消便更難了。他的經驗判斷應該不少搭客有海上不適的可能，但輪到的員工覺得不是問題。在銅鑼灣遊艇會登船時，他沒想過居然有不少老人和小孩參加這次可能有風浪的遊船。最初他被告知，參與這次遊船的大多是年輕的，也不懼水。他就不得不再三告訴乘客，今天風浪出現的可能性，並叮囑他們船上有暈浪丸，可以先服作準備。維港固然是慣常地波濤起伏，但船出了維港，情況也未有改善，甚而波濤偶爾更洶湧。本來坐在上層瞭望臺的不少乘客，開始有點抵受不住，陸續走往下層的船艙內。小孩更躲在最底層的睡房內玩耍，不再四處走動。

船程平常到大澳也需一個小時多，現在於湧浪中航行，他不時又要轉舵避開撲過來的大浪，時間就更長一點了。他在上層開船，看著來往港澳及其他內陸口岸的噴射船不時高速駛過，撞擊起更多的浪花。揚起的海水延綿滾動地搖晃著遊艇的兩側。他不時開口，大家坐穩，有大浪衝來了。下層的人不會聽到。上層瞭望臺還有兩三個老人，呆呆的坐著，偶然與他搭訕，問一下方向地名，其餘都是老人們自己說話。他聽見一個老人說以前泅泳偷渡，氣力不繼時便攬住浮波，讓水流把她沖過來，這樣便沖了上岸。另一個說他坐木船來的，那時海面十分不穩，浪又大，以後也不敢怎樣坐船了。眾人笑他快去吃暈浪丸，他搖頭不理睬。每次船在一兩米的浪上跌下來時，他就聽到下層的年輕人在嘩叫，聲音是興奮多於懼怕。懼怕的也隨聲嘩叫，讓自己也變得興奮。女兒在下層艙內照顧乘客。這個風浪時候，遊艇水手根本無事可做，任由船長一個人以經驗把舵。

眾人離船上了大澳碼頭，往山坡上由舊警署改裝的文物酒店吃午飯去。

他把遊艇駛往棚屋那邊，預計搭客飯後多數都會到大澳墟市逛街，兼看水上棚屋，然後在那邊的碼頭登船回航。遊艇停泊在近岸的海面上。他和女兒放錨後，便忙於清潔，把船艙內的空樽與紙屑倒入垃圾箱。剛才可能有人在洗手間內嘔吐，他們分別把船頭與船尾的兩個洗手間都清潔一次，再執拾一下艙內，才開始吃他們自攜的麵包與乾糧。近岸的水面漂浮著零星的垃圾，雖然不是一大片的，遊艇慢駛穿過，也要小心不讓那些膠袋或爛繩勾住船底的馬達。他見慣風浪，在大浪中破出一條水道航行，正如他女兒小時候會讚嘆，是很有氣勢的。他想像自己在大海的畫面上畫畫或寫書法。狂風吹皺海面，在激越的氛圍下，他就彷如「狂草」了。他以他善馭的船，給眾人一次刺激又昇華的感官歷程。心底下，他有他一絲的滿足感。然而，在近岸垃圾四處的水上，他卻有點無能為力了。船怎樣開也不瀟灑。

淺灘上的紅樹林似乎都所餘無幾了。大澳一邊嚷著要保育，保持既有的漁村原貌，以吸引旅客；另一邊又說要發展，要為社區增值。他不關心這些，但知道海上環境改變，對他的生活可能有壞影響。回航市區前，又有人嚷著要看中華白海豚。他說西邊的風浪較大，船還是開往二澳去。陣風的風速強勁，但遊艇接近興建中的跨海大橋，突然一切都變靜止了。他把船速轉慢。他們進入了海豚的棲息水域。有人大叫「有海豚」。其實只有幾尾魚跳出了水面。他曉得白海豚可能正在水下覓食。他索性把引擎關掉。船在海面上載浮載沉，隨水流把船身緩緩搖動。大家屏息以待，四周張看。有人再呼叫「有海豚」。果然，兩三條粉色的海豚就在海上倏忽浮現。有人拿著手機，哭喪說拍不到。海豚移動太快了。有時在左舷。下一刻又在右舷。時近時遠。「要用錄影功能才拍到」，有人說。「有多少條呢？」有人說三條。有人說五條。牠們在水底下敏捷轉動，但靠近遊艇浮上來時，卻停歇了下來，好像要引誘人去觸摸牠。有個小孩說，海豚在叫喚著甚麼。他也靜下來細聽。彷彿有一種低音在附近迴轉。無以名狀，他只覺得那是一個不愉快的對話。數分鐘時間，白海豚就在四周出沒遊弋，把船圍起來。船上的人都興奮莫名。

這小群白海豚好像都走了。有人還不甘心。他把船開到大橋下。他看見橋柱的高處還有未拆除的鋼鐵支架，上望橋底仍有鋼纜吊著大型建築器具。他想起不久前有個在附近橋躉的工作台拆卸時，懸吊工作台的繩纜突然斷裂，繩纜擊傷橋面上的工人，工作台上幾名工人更同時墮海，釀成死傷的意外。他心裡倏忽一涼。「那邊有海豚！」他隨聲望過去，突然身體神經感覺有巨物急速從跨海大橋掉下來。重物下墜的強大壓力忽然湧過來，使他瞬時動彈不得，沒法作出反應。隨即他眼前黑漆了一回，巨響夾雜著其他吵嚷，讓他完全聽不清楚。待他似乎可重新看見的那刻，他覺得部分下墜物已擊中了船身。巨物向海中徐徐墮進去，衝力攪起了漩渦，翻起巨浪。他好像看見下層船艙都是水。剛才所有人都從船艙走出來看海豚。艙門應該沒有關上。混亂和巨響中他看不見人，也聽不到呼叫。他只知女兒在船艙內。船以莫名的速度被漩渦捲著下沉。

沒想過眼前的世界會突然崩塌，他被他忽然的無力感逮個正著，說不出話來，肢體又完全不能活動。像個石人，被蛇髮女妖的邪法攝住了。一切不能飛躍又受制於地心吸力的物體、在空氣中震動著的叫聲，都正在迅速被捲入波浪的漩渦之中，在他面前淹沒。

牧魂

這是你喜愛的水世界，一切都在流動迴轉，但速度不會太快，是你能適應的環境。你潛留在那漂蕩但帶阻力的空間裡，輕鬆自由卻又沉穩實在。你伸開四肢，宛若要拓寬水的立體與深度。你依然美麗。雖然，我已很久沒有對你說這句話了。起初你還憂心未必能承受那溫燙的池水，然而你究竟是水族裔，沒多久你便如魚般，放空地沉浸在靜謐裡。像沉魚，偶然的水流，身體才微微若動。分不出是流水驅動，還是你有意識的挪移。池中水清無魚，只有你是唯一的水生物。然而凡身始終不是魚。魚沒有眼簾，你卻閉上雙目，停擺了鰓的開合，彷彿化作為母親子宮中的胎兒，休息靜止的軀體卻並不捲曲，而是往八方輕柔地無限伸張。

來自青海高地的導演說，那是他少年時的經驗：與其他孩子，在山上放羊。陽光暖和，照住正午的草地，一片金黃。羊群在草叢間吃草，他和一眾牧羊少年帽子蓋著臉頰偷眠。懶洋洋的世界。他偶然醒來，不肯定自己身在何處。天依樣蔚藍，幾朵白雲飄過，造就了短暫的陰影。羊繼續優悠吃草。導演沒有想過他將來成了導演，正如他也沒想起他的從前。他從袋裡拿出一塊犛牛肉乾，放進嘴裡嚼著嚼著。每當太陽離開了頭頂，光線漸漸把他的影子拉長，他就慣常地取出牛肉乾來嚼。

你被發現時，凡身已沉在池底。你不像胚胎般抱擁捍衛著自己的軀殼。你率性盡情的張開手腳，沒有綳緊抽搐，寬容地迎向更多未知的可能。慌亂中，有女浴者合力把你從水裡拉扯上來。通知了浴場的管理，再又知會了旅店的執事，然後是更高層。匆匆忙忙，來回了數轉，才喚了附近醫院的急救車。幾個年輕精壯的救護人員到場，在池邊撐起了小型帳幕，將你赤條條、已無動靜的身體遮蔽起來。一個救護員從帳幕中露出了頭，用勁地不停向下推壓，應該忙著為你進行心肺復甦。他們忙得滿額是汗，一邊急救一邊把你搬上擔架床，寧靜的街道，響起了警號，好像要以音速，將你往那鎮唯一的醫院裡送。你早已做了決定，一切的慌惶混亂、驚恐失措，都和你無緣。你成了魚，沉靜地徜徉於池底，或者已無聲的，穿過旁側的渠口，進入了溪流，緩緩游往大海的方向。

狼偶然會來。羊不是精神財富。牧羊人不能靠誦經修行，就能保管這些財富。導演打趣說。青海安多的藏民都是半牧半耕的。游牧季節的時候，羊群晚間便要在草原上歇息，回不了窩。而且，狼要來時，羊欄也不是最安全的地方。他們夜裡輪流看守。也會生火或放鞭炮，唬嚇在黑暗中不知在還是不在的狼。長夜漫漫，牧羊人就互相說故事。他聽得最多的，是永遠說不完的如意寶屍的故事。其實，導演怕誤導其他人，不是有關如意寶屍的故事，而是如意寶屍所說的故事。如意寶屍是甚麼？也許有些像香港的殭屍電影吧？

你撇下了一切，追尋自由與自在。但也不是一切。你沒有帶走塵俗的肉身，似要讓我憑此，再作餘下人生的歷練，讓我再走一段不知道結果的旅程。他們一度以為你是美麗的溺水者。我堅決不信，即使你是五十歲以後才學習游泳的。猶如面對曾經遇過的所有新事物，你心中湧起了激浪，卻又被慣性的遲疑拖曳磨蹭著在岸邊。習泳班上，你是年紀最大的學員。你感到一些尷尬。你也未習慣在眾人前，穿著其實已相當保守的泳衣，展露大腿。水，於你全然是個冒險新天地。未知，但又誘惑。水在你以往的生活裡，從未滲入你的老天與舊地。只有當你潛泳水中，你才發現，從前的天和地，距離新的水世界是那麼那麼的遠。你漸漸明白，遠有遠的好，讓人稍稍脫開煩心纏擾的人事，但又不是完全地逃離。你也慢慢感知，游泳不在乎用力。愈使勁，愈游不起來。唯有節奏。就這樣，吸，空間膨脹擴張；呼，重量順應浮力，找到適度的位置。一呼一吸間，鼓脹又收縮的內在，因勢順導著外在的種種變化，互即互入。也許因為習泳，你對人、對事以至對自己，都寬容了。

他祖父與他非常親近要好，導演說。祖父認定了他是他祖父的輪迴再生。祖父的祖父是個修道者，誦經養性，亦很有學問。因此，祖父樂意花上畢生積蓄，送他念大學。導演十分感恩，他們村裡，能完成高中的已不常見了，何況大學？他們的習俗相信投胎轉世。祖父的祖父以前對他很好，祖父決心報恩，確信年少的導演，是他祖父的轉世，不顧一切，供他讀畢大學課程。祖父知道，他的祖父是讀書人，轉世回來，一定要接受最良好的教育，雖然祖父不知大學是甚麼。導演最後取得了一個漢藏雙語的文學學士，隨即回鄉，教了好幾年高中。

兒子跟你一樣保守。他第一個問題是，救護員來到的時候，你是否衣著完好？兒子不是常與女友往溫泉區度假嗎？泡溫泉，怎樣會衣著完整呢？他究竟在想甚麼？魚有鱗，動物有皮毛，牠們都不會因為有沒有衣服而煩惱。我對兒子說，你好安靜的披了浴袍，躺在池邊，讓救護員為你做心外壓。他就沒有再問了。遇溺的人，能夠混亂中抓到一根浮在水面的稻草，便暫時安心了。而你，沉潛在水底下，看穿了俗世的虛妄與執念。確曾，我也許久沒有看見你的裸體了。不是慾念不再，只是殘軀已不由視覺來刺激神經了。你愛嘲笑我，罵途人只看手機不顧路，不過是妒恨，皆因我已不能看清近在眼前的一切。既然視力無法解讀當前，我解嘲說，我便看更廣更遠的。水中世界，也許可望可即。其實，也不太可望，不太可即。泳水讓你悟道，明白兒女的事不能太過干預。於是你唯有私下向我抱怨，一下擔心大兒子的感情生活、婚姻大事。一下憂心小兒子有些離奇的性向。然而，我們不過是魚，只能在水裡載浮載沉。猶如你偶然不太尋常的心跳律動。

屍體能言善道，可以說動聽、奇幻又誘人的故事，有可能跟習俗把生與死、得與失看得較開有關罷。導演同意這個看法。這是藏人的「一千零一夜」，不過不停講故事的是個千方百計想要逃走的死屍。他沒法解釋為甚麼死了還要逃，反正故事是無可辯駁的。話說有人為了贖罪，決心要將如意寶屍這個「如意妙果」背著帶回人間，讓世人從此長命百歲、財富均等，過著快樂的生活，也消除了他一己的罪孽。不過背著屍首回來時，必須緘默不說話，否則便前功盡廢了。敘事模式就這樣開始了：罪人經歷艱辛，在寒林墳地眾多活屍裡找到如意寶屍，順利把它裝入百納袋中，用紅繩子牢牢綁緊，日夜不停地趕路往回走。走了一段路程，如意寶屍在袋裡向罪人搭訕。路途遙遠，不如聊聊天，要麼我講一個故事給你聽。罪人沒有理會，繼續趕路。如意寶屍也不理會，就一個接一個地講它的奇詭故事了。罪人真是罪人，每個故事的尾聲，他總忍不住失聲發問或感歎。如意寶屍便幸災樂禍說，你又說漏嘴了。颼索一聲就飛回寒林墳地。故事的結構便如此這般的，重複再重複，罪人屢敗屢戰，永不言棄，路途中間又夾雜了如意寶屍講的不同故事。

那鎮的醫院不是很大，但沒有多少病人，看起來就大了。看著你被送入急症室，我一個人在大堂等待。剛才擾攘的空氣，一下子靜默了下來。平靜，才是這裡的常態。我們這些外來人無力搗毀這裡的恆常秩序。你進入了另一個狀態，也許就不再被視為外來了。我們都不過是土地上的過客，固守他地與在地的藩籬只是徒勞。你日後必然會取笑我當時的惶恐。查實我不知是擔憂你，抑或懼怕要承受自身的孤獨。年輕時突然喪父的創傷陰影，彷彿又從後襲來。我是只想自己想得太多了？為了你，畢竟只是個藉口。沒有避諱，你和我也曾討論過身後的課題。你只說，你怕病，怕漫長的醫療苦痛的折磨。那時我腦裡的圖像，是一個人無病無痛的，在溫暖的家裡，有些倦意地，坐在沙發，或躺在自己的床上，模模糊糊入眠，就此走到這生的盡頭。你笑我想得太美了。沒想到，最美是你。溫泉浴中，心肌梗塞，就此化為魚，游往大海去了。

摯愛的親人走了，但她們不會永遠的離開。她們不僅僅留在我們的記憶內。我們的文化，讓她們真真實實的回來。導演喃喃地說。製作團隊裡有好幾個工作人員，家中都有輪迴再生的親人。做音響的，便拍過一部他嫲嫲和他侄兒的紀錄片。年輕夢想當歌星的侄兒，被家人認定是嫲嫲早逝的丈夫，即是爺爺。紀錄片拍得平實，訪問了幾個以前認識爺爺的朋友，追蹤呈現侄兒要當歌手的經歷。眾人都知道侄兒是爺爺的轉世化身，亦不以為意，如常生活。記憶、過去是掃不走的。用蠻力把它壓制下去，或者用教育強調時間是線性、歷史永續向前發展，它們還是經意或不經意間回來。有了電影，導演說，我們多了一種途徑留記憶。即使沒了電影，我們繼續以身軀一代一代把記憶傳下去。爺爺的朋友在紀錄片裡憶述，他在生時嗜酒又好賭。嫲嫲訪問間對爺爺頗多怨言，但對有點遊手好閒、沉醉追歌星夢的孫兒，卻十分鍾愛。她們的輪迴，不是重返舊地討債或報仇，而是為了諒解與寬恕的。

等待著。兩個兒子和大兒子的女友趕來辦理你的後事。這兩天，我無法在曾經與你在一起的房間裡入眠。那是個潮濕的夏季，山中的夜裡應該是清涼的。我關掉了空調，推開了窗，躺在蓋了厚厚床墊和被鋪的榻榻米上，身體還在不斷冒汗。溫泉旅遊區，晚間卻是靜悄悄的，偶然才有一串車聲。我們本來愛靜，這刻我卻在靜裡慌起來。打開手機，我看著你緊閉了雙目的照片。你的臉龐已有點發脹。他們為你穿了衣服，蓋上了被單，讓我可以跟你，在一個有空調的房間裡獨處。那不是冷凍櫃，他們沒有把你看作是冰鮮魚。我其實沒有甚麼話可以再跟你說了。我的心在痛。痛楚連接了你和我，你化魚那刻，也可能心在痛。痛也許連接了其他正在受苦的人，那便沒有那麼痛了。那時，還可以與你靜靜地單獨相處，感覺已經很好了。我只想著，也許只有在緩慢的地方，遺體才可以有人的尊嚴，才可以如眾生一樣隨歲月分秒變改。我從未打算，要把你凝固為一個永恆的形象，即使一時間，我未必能完全承受你的變化。等待著的兩天，我大清早去泡溫泉。在無人的池裡，我嘗試感受你化魚那刻的歷程。我也會變為魚嗎？我合上眼，看著你這尾魚。

彷彿成了罪人背上的如意寶屍，導演那晚不知是否喝多了，連續說了好幾個故事。不過，都是沒有魔法，沒有殘暴的國王，沒有機智的小伙子，也沒有美麗的姑娘，只是教人有些納悶的沒頭沒尾故事。他首部劇情片，拍小喇嘛把電視機帶入寺院的故事。電影拿了很多獎項。小喇嘛沒有隨製作團隊，飛到外國的影展取獎。但小喇嘛也沒有繼續留在寺院裡修行。小喇嘛最後沒有做喇嘛。導演不無歉疚的說，不知是不是電影，令本來不過是扮演自己的小喇嘛，真的成了角色。小喇嘛幾年後還了俗，娶了妻，生下了兒子。為了生計，當上了計程車司機。也不是設有咪錶按程收費的正式計程車，只是與乘客議一個價的四座位載客房車。要開很長的路途，不是可以每天回家的工種。一回來，便帶兩歲的兒子出外玩耍。導演重遇他，問他可想過再回寺院裡修行。俗世生活不算穩定，他有時會懷念寺院的生活。最記得寺院的人對他說，只要有人在，世界好不到哪裡，但亦不至於壞透。

火葬場離小鎮不遠。旅館為我們安排了車，幾分鐘便到達。兒子想過要把你的遺體運回來。我們打了許多電話，問過不少部門，明白了運送遺體出國的複雜程序。我不忍心把你獨留在冷藏庫的某個角落，等待可能漫長的批核過程。儘管你可能一早已不在那裡了，但我也不想將我們塵世的執念，無限期冷凍在那裡，沒完沒了。回來，不也是經歷另一場的火化？兒子沒有再堅持。我們對這裡喪事的禮儀毫不認識，我只穿了行李箱內帶著的長褲和恤衫。兒子他們趕過來，當然也不會帶備莊重的西服。我們是外來人，大家的語言不是很能溝通，不可能仔細教導我們跟循這裡喪禮的規矩，但他們做的儀式還是十分認真。火葬場上只有我們一家人。筆挺禮服的司機，代替了頌經的僧人，進行之前向我們講解了儀式。整個葬禮的過程，都是沉默的。只有旁邊叢林清晰的鳥鳴，和我們進香時，腳跟踏在地氈上、衣服皺摺輕微磨擦的響聲。我們逐一向你的遺體鞠躬，用手指輕巧地捻起幼細的香枝，舉到眼前，再插在香爐上。沒有任何催逼，只有安靜與緩慢，可以讓我們心安地向你的遺體告別，亦緩慢得容許我們平和地，感應你一點一滴的離開。兒子的女友先飲泣起來。兩個兒子的眼眶都濕了。每個人有充分的時光感受內在。鳥鳴時近時遠，音色清準。偶然的微風，未有吹動香爐的白煙。難過的心情，即使一時未可釋懷，也漸漸在那刻平和了。司儀沉默地遞上鮮花，我們溫柔地灑在你的身上。大家接過棺木的蓋子，慢慢將你蓋上。兒子扶著棺木的推車，我們陪在後，與你走這最後的一程。火爐只在幾十米外。我按下按鈕，火爐的小門徐徐閉上。我們被安排在休息室等待。大約一句鐘的等候中，年輕人都按捺不住了，拿著手機在火葬場四處探望。兒子後來跟其他人說，託你的福分，帶他們往這塊清幽的地方，經歷一場美妙也刻骨難忘的告別禮。火化過程完結。盤子內盛著你的灰燼和一堆白骨。烈火沒有把你全然吞噬，你留下這些骨，繼續和我們結連著此生的緣。我們輪流執著長筷子，撿起你一塊一塊的骨頭，放進有兩尺多高的骨灰龕內。撿骨中，我們一起分擔著你在世的喜樂與離開的悲傷。活了這些年，現在才知道，我以往遇見過的細小骨灰龕，只承載了先人十分一的遺骸。我突然有衝動拋下長筷子，要用手，撫摸你的骨。

汽車飛馳在看似無盡頭的公路上，旁邊卷起了滾滾塵埃，如沙漠上移動的蛇。黃啡色的沙塵撲打著褪藍的高速小房車，令旅程有些顛簸。導演坐在還了俗的年輕司機旁邊，想像著他下一部電影，會有一個為了愛情放棄做僧侶的電影監製角色。為了尋找合適的演員，監製坐在四驅車上，走遍了青藏高原，也在車上滔滔不絕地，向同行人講述他還俗與覓愛的經歷。年輕的司機卻不發一語，專注地駕駛。車廂裡播著響亮強勁的藏語搖滾樂。有人拿出犛牛肉乾，分給車內各人嚼著。牛肉乾剛放進嘴裡，導演隨即想起，他聽過這部車曾載過草原上唯一一隻坐過飛機的種羊。種羊就是專為母羊們配種的公羊。種羊可以坐飛機，因為是從新疆來，要為藏羊配出新改良的品種，令牠們的羊毛產量更大。我自己也未坐過飛機呢！年輕司機笑著說。我們的寺院，以前只有兩個活佛坐過飛機。車上眾人起哄地，爭著講坐飛機的故事。車程很長，大家不久又沉默了。年輕的司機不發一語，繼續專注地開車。導演往後座望，攝影師一直開了攝錄機，記錄沿路的風景。高速公路上連綿不絕的電線杆。圍了鐵絲網的草原。迎面駛過的一輛又一輛大貨車。一排一排白色混凝土的平房，應該住了不少被重新安置的牧民……。

天剛亮，我們開始了帶你回家的旅程。旅館的客車送我們到了火車站。我又回到數天前，我和你剛到埗的「驛站」。這裡喚車站作「驛」，你覺著古雅的味道。兒子他們和你一起回去，但轉眼，他們那一代便要離開了。或者留下。那是他們未來人生的自決。緣，或者沒緣。穿越時光的旅途，因為沒睡好，心情與方向感變得有些不可思議。一切依然，你不是照舊還在我身旁嗎？我挽著木箱內承了你的骨灰龕，踏上火車時，感覺了一點點搖晃。把你安放在我側旁的座位後，聽見車窗外面微光深處朝這邊吹來的風聲。外邊有雜物被風卷起。月台上的乘務員急忙按著他頭頂的帽子。窗玻璃啪噠啪噠地輕輕震動。急流便如哨子聲般尖銳，高頻率的呼嘯襲來。我從未看見過這樣巨大的波浪，瞬間就近在眼前。眨了一眼，再睜開。浪潮已將一切吞走了。車廂裡還有零星物件漂蕩在水中。木箱破開，骨灰龕碎為幾塊，剩下一縷灰飛在浪裡。我扭頭回看，你非凡得像海豚，矯健地翻動身軀，要帶我往黑暗的更深處。我忽然感到無比興奮，力量彷彿一下子完全復元，正要跨出第一步，朝你那方游去，另一個巨大海流，從我左邊湧過來。我猛然醒起，是我，是我要帶你回家，不是隨你，隨你而去。只差一點，暗湧沒有捕捉到我。下一站上車的乘客，以為我旁邊還有空置的座位，走近時才看見了你，隨即鞠躬夾著歉意地走開。餘下的旅程，車窗外是一幅一幅的風景畫。陌生又熟悉的山巒、松林、田野、整齊潔淨的房舍、曲折的河流、崖岸、無邊際的大海、我們無法復回的年輕歲月、無人的街道、擠得滿滿的市容。所有色調完好無缺，鮮明的周遭世界。登上機，禮貌的空中服務員問，太太座位上要不要也送上飲料？我望一下你的木箱，微笑地向服務員搖搖頭。我再一次感覺到搖晃時，大塊的雲團已重重包裹圍著我們。這一刻，無比清晰，你是魚，不會奢望飛翔。

II

前行

登岸那刻，一個念頭浮起：他的生辰還有三天半。

人身難得。母親常言。身體髮膚，受諸父母。這樣的話，母親從未說過。

他牢記自己的生日，因母親誕下他時，流了過多的血。人身難得。他記掛母親。

放開了與膠桶綑在一起的幾塊浮木，他上了岸。

後來才知道，走陸路，遠沒想像般難。

他本不善泳，不知何來動力，克服了對水的恐懼。

上善若水。水引導了他。

少時在河裡嬉水，突然站不穩，頭條忽掉進了水裡。看不見，口鼻即時嗆著。不知所措，他只顧憋氣，全身抽緊，水還是不斷湧入，快將昏死過去，耳邊響起了水的呼喚。咕嚕咕嚕……放慢一些。咕嚕咕嚕……再放輕一些。抓不牢的，放開吧。放開。放開。他不再費力掙扎，不去找穩實點。身，自然浮起。輕飄飄的，暫忘了惜才的恐慌。居然可以在水裡吐氣。他慢慢的吐。無意間張開了眼，原來水中也可以看見。心定下來，身也徐徐上升。

泳姿難看，他自學得來。無所謂。

學習需時，自己摸索更耗時。不過，他沒有耗的感覺。本來，生命就是消磨。人定了目標，才有虛耗的幻覺。反正，無所為。

起初，在水裡他試了不同快慢的吐氣。接著，雙足離地，頭埋入水，兩臂前伸，身體登直，練習向前漂行。有點緊張時，身體便抱球，收腿站立在淺水裡。日子於他沒有顯著的紀錄。不知不覺，他就到了深水區，足再碰不著地，也不太慌亂。任自己浮吧。

在水中拉直了身體，頭往不見底的水下面望。

有時睜眼。

有時不睜。一味向前滑行。

身體在動。也不在動。

手腳不做任何動作，只是朝前漂行著。滑行時間長了，距離岸邊越遠了。

些微恐懼感。

只是，他未必知道，離此岸遠了，到彼岸卻近了。朝前漂，只為找到在水裡前進的感覺。

再往後，他也明白，手腳不能不動。他不急，也不計較姿勢正確不正確。人足難如魚尾，又無人教導，他試了左足右足一拍一拍上下擺動。又試了同步踏水。手劃水，往要前行的方向前行。慢是慢，他不急。前行著，可以了。

那是河裡的練習。到了海，還是害怕，還是慌亂。

然而，也沒有退路了。

想到此，倒放心了。繼續前行。疲累時，就抓著木與桶，浮一陣。風浪。饑餓。寒冷。鯊魚。五花大縛的浮屍。在他腦中或眼前掠過，又漂走。

暈浪感，上了岸的第二天下晝，仍殘留。

幾多個十年後，他對人說，先往澳門，然後才到香港。他無意說謊，也並非記憶出錯。是水，這樣導引。

還是水，帶他到河裡。

岸上的歲月匆匆，他記不牢了。水養活了他。他愛這樣跟以後的人說。

我黃某人，哈哈……這般的起首語。話，他其實不多，多是不接連的。不少洞穴、縫罅、凹陷，不能填補的。就算光穿過，亦未能照明。

那年颱風，橫瀾一方有貨輪沉沒。他與眾兄弟，立即開機動木船出海撈貨。海面浮滿了輪船掉下的貨物，沒多久，全都要吞噬在風浪裡。他們手腳快。風高浪急也不容他們慢來。

他全記不起可有遇上其他人，生還船員，或來救人的。他們目的單純，只為撈貨，沒有其他。

也為旅遊公司開過渡輪。往日的遊客，喜歡坐船觀光。

也開過水警輪。以前，為水警開船，不一定是差人。他不介意別人當差。搵食而已。自己卻抗拒。

有了自己的船，他分的份也大了。不過不是常有颱風。有颱風也不一定有沉船。沒有颱風，沒有沉船，飯還是要吃。船便為人送貨、做買賣。有時也去得很遠。

那時他有了家，不想再走船了。抱著妻，即使是幹粗活的，身體還是滑，能給溫暖。自己的身心，也似要融化了。而且，大女兒快要出生。

借錢買了打磨機，他在長長的玉器街上擺檔。懂玉器的人少。他也不懂。

買賣的人卻不少。明白都在往後推，而他繼續前行。

街上有朋友求助，妻也有身孕，不知為何，得罪了有勢力的。賠了錢，道了歉，還是不行。還害怕家人被搞。他見友人淒涼，沒有的道理，上火了。

自己也非善男子、善女子。起碼，他這樣看。當年，在組織上，他為眾人出頭。話雖不多，還是被鬥了。鬥得狠，再沒有人撐他。唯有出逃。

到了茶樓，他喚伙計泡了一壺龍井，慢慢喝。等了一刻鐘。肚餓，不敢叫菜。有勢力的還沒來。再等。茶樓擾攘，伙計收拾食具叮鈴噹啷。賣飽點的唱朗，他入不了耳。看見籠中鳥無情由的撲動，心突然一下一下的抽。

有勢力的始終沒來。

打聽了。根本他不被當作一回事。也不氣，他找差人朋友幫忙。才知道，有勢力的也有差人後台。友人曉得要遠避了。鋪賣了，在粉嶺買了塊地，卻已無力起屋。

他再仗義疏財，還約了一個兄弟合力搭屋。眾人都懂敲敲打打。那個年代誰請得起師傅。草圖簡陋，也沒人認真按照來造。材料貴，有些木料便就地取材。屋是鐵皮的，也加了不少木板木材。外牆砌磚。磚不夠用，加水泥。水泥之外還要沙及石頭。石頭挑比較平的一邊，再一塊塊放平，用鎚和木板打入地面，混入泥砂，薄薄用水泥加一層弄平。

鐵皮屋難免披披搭搭，接口重重疊疊，亂七八糟。要住的人已感激，建屋者就更不講究了。由住屋人一邊住，一邊再加建修補吧。在偏遠山裡，黑道白道都沒來收錢，省了些。

不講究，依然花時間。近一個星期，他沒開檔，那個兄弟也沒出海。

完工那天，滿身臭汗，又被蠓叮了一天，他再往山後的河裡洗澡。身體浸在清涼的河裡，閉目，他任自己漂浮。睜眼時，他已漂到離下水較遠的地方。

一個低窪岸邊吸引了他。淤泥與垃圾從上游沖到那處，但還是低矮的密林一片，與附近的房舍好大段的距離。

回家路上，盡想著這片土。

妻與他之後再來看。土，選了他。

地都是霸來的。這裡與其他地隔得遠，又滿是垃圾，該沒有甚麼阻力。

運水泥與磚頭來時，路上有屋主不友善地問，去邊？他也沒有敵意的答，就去那邊。

都是來霸地的。心知肚明，何必惡言相對。這種方法倒奏效。日後，他在村裡多了朋友。與他過不去的，當然還是有。

是燒垃圾惹來的？

地未有人霸佔，主因是垃圾。地處低窪，大雨過後，上游的雜物，能流入河的，流入了河。不能的，都堆積在這低地上。附近居民又把大件的廢物，棄置這裡。日久，垃圾成了山。

某種召喚將他帶來吧。不是遲來者，怎會想要這片土？

就算命定，垃圾也不容不理。他有點急了。只想到火。

大塊、堅實的東西不易燃燒。他爬上垃圾山，把難燒的撿出來。將一大堆、無面貌、無身分的棄物，重新歸類，他一個人做了幾天。累了。

不少棄置的，還可再用作建屋材料。但量太多，他撿多個月，也撿不完。填埋、堆肥都解決不了。急了。心一橫，就一把火燒掉。

太多不易點燃的了。錢都拿去買火水、柴油。先買了五十罐，傾倒在垃圾山上，一下間像全蒸發掉。火點起來，還不是很熱，黑煙卻大。幸好無風，黑煙未湧向其他房舍，但氣味已夠臭了。

有人過來看，在外圍掩著鼻。燒了大半天，垃圾山只矮了四分一。火也熄了。

狠了心，錢花光就罷。他再買一百五十罐回來。眾兄弟幫忙搬運。多些人在場最好。他擔心出事。

焚燒更烈，溫度極高了。黑煙與臭氣也更大更濃。

物質可改變，不會消失。垃圾山燒了兩天，漸漸夷平了。沒有煙消雲散，烏黑的一大堆灰燼還在。有些跌入河裡，他把其餘的埋進土內。

以後四十年的家園，他建得用心。把斜坡修平。用水泥築路。眾兄弟偶然來幫忙起屋。大部分工作，他一個人做。水喉如何接溪水，馬桶怎樣接駁溝渠。玻璃窗是買來裝嵌的，更多材料是撿回來。較大工程是打井。屋前與屋後，他打了兩口井。

沒法聘鑽井機打，他用鐵鍬掘。遇到堅硬石層，也真的用鎚一下一下地打。打下去。打下去，也有點前行感覺。

一打一鍬，挖土。土逐漸堆在一旁。運走。開出了坑，慢慢成洞。他徐徐向洞深推進。他不急。河在附近，擔水方便。最初只挖到腰，因忙著其他。過了雨季，才專心掘。不久，挖過了頭。很快，人也看不見了。洞口開得較大，容易搬走沙石，他爬上來也不難。

一米多深了，產後的妻來幫手。長的耙伸下去，將一大塊一大塊的土，往上拉來，堆積在洞口。愈積愈多，他雙腿蹬著洞壁爬出來，把井口的泥清理。土堆往別處了，他再下井。這般，來來，回回。井也愈往地下深入去。

洞口寬，陽光也不怎樣進來。他憑感覺用力掘。向下，彷彿也是往前。

超過兩米時，見水了。還未清澈，混和著泥漿。提上來的泥塊滿是淅淅瀝瀝的黃泥水。愈挖，土裡的雜質就愈少了。終於，到四米，水多起來，也變清了。

上來，他渾身上下，滿是泥水。陽光兇猛，他倒眷戀井裡的陰暗與清涼。拿了幾塊磚再下井去。磚用作墊底。回來，他又灑了些石子下去，是要過濾井水。

類似方法，卻用了更長時間，他在屋旁挖了第二口井。

妻女都住下來了。

有鄰居以牛眼看他，罵他不要亂放磚頭。也有鄰居送他植物種籽，告訴他山哪處有野生果樹。

荒開了，他知道自己的田還要自己耕耘。然而，他不善耕種，有心也不一定事成。何況，他心猶未定。雨水多，夏天他種不了菜蔬。大雨後，菜苗都沖到河裡去。花，像菊花，像劍蘭，也試著種，以為可以賣得好。雨天還是種不了。

日子艱難，幸與周遭商店熟了，容他賒數。

二女兒快出生了。他朝朝五時下田，九時入市區繼續玉器生意，不時接應兄弟出海撈回來的貨物。人身難得，因為人身，病痛也易來。他開始了之後四十年的痛症。

那天雨後，沿河走，他不為尋找沖走的菜苗，只忐忑著。水，再一次引導他。

河中有小艇。艇上人從河裡撈了一桶又一桶的細沙。艇泊岸，他好奇上前問。河床細沙原來有價。市區大興土木，急需細沙做建材。一桶沙，可賣個好價錢。

疼痛難纏，幾個在他家暫住的無業後生，合力為他砌個浮台撈沙。幾條粗大木條拼成木排，下邊並排釘了二十四個空油桶。放在河裡，浮起來。

河不深，漲時也僅及人頭。不必特殊工具，撈沙輕鬆了。他無須潛入水裡，彎身可以撈了，雖然，日光熾焰。就把沙放在木排上的桶。辛苦，但簡單。每天有車來收，兩三轉，省卻送沙工序。洗沙由收沙人做，他還有時間種植。

收沙的利潤，高他撈沙的一倍。無所謂，夠使可以了。新界人也要沙建豬欄、起屋。他願意逐家拍門，可以賺更多。但他更在意種植。

人生於他如課堂，未學懂的，還想學好。撈沙的錢，讓他可試種不同的植物。

友人做政府花農，給他從印尼過來的富貴竹苗。富貴竹不懼水，正好在這個低窪處棲身。但竹需幾年，才有成，撈沙可暫時養活他與家人。

最初只種了百多株，做試驗。膽大了，整塊田盡是富貴竹。這種竹，真富貴，受不得陽光。多受了，變黃，無人會買。唯有以撈沙所賺，盡買太陽網。太陽網是外國貨。新技術，價錢貴。才二十呎，賣數百元。整塊田都蓋上了太陽網，花了他十萬元。

養竹費時，撈沙他也沒時間了。況且，不停從陰涼的水底淘寶，是要還的。眾兄弟有水遠程船，央他去。他熟船，也熟海。因為富貴竹，又或因為其他，推辭了。

富貴竹賣得不俗。城裡人可真富貴起來了。他割竹收成，出入市區，團團轉。那夜在河邊，累得入夢，看見眾兄弟在自己的木船上，茫茫大海，突然刮大風，天黑乎乎若墨水。船下，有宏大近三十米長的巨物陰影，紅彤彤像一團絞結的毛繩，倏忽升上水面，快要撞向船身。

醒來，天懵懵亮，他立刻入市區，打聽木船下落。

幾個月來，木船與船上十三個人，都一去未返。心戚戚。人身難得，他三女兒也出生了。

以後的耕作，尚算順利。中間有官員來過，指他非法建屋。兩番周旋，他憶述，紅鬚碧眼的殖民官，居然讓他在那地上安身立命。四十年來，再未打擾，只是從沒有發出正式批文。

關上燈，內心反而光亮。想到船上的兄弟，心揪緊。痛風來得更頻了。更多的心思，投放在與肉身對抗。

還以為，外邊的世界與他再無直接關係。大孫女那天到河邊找他，氣急說，有人來收地。

看見那班人帶來的地圖與賣地合約，他上火了。幾十年來，從未有地主出現，政府也讓他住下來。這不是明欺白鬚公嗎？

事情其後，不過是官商徵收農地發展的典型。黑道先來，用鐵絲網圍起他們聲稱合法買得的土地。白道隨至，指他霸佔公地，必須拆去不合法的閘門。一圍一拆。既圍又拆。他才不理會那是私產抑或公地。總之，我黃某人，哈哈，誓死不遷不拆。他常對人言。

有團體為他打官司。逆權侵佔，並非不能。另一邊也不太急，要等他百年歸老，地便可輕鬆到手。

還有一段日子，他才到百歲，但這時卻急了。嗔怒與痛風，差不多令他動彈不得，但一場市區的社會運動，卻讓他動容了。也起動了滿是傷痕的身軀，在打過止痛針後。

彷彿在那群守地的年輕人裡，他看見了眾兄弟乘坐木船歸來。

官司纏身，仍毫不猶豫，他天天出市區，支持靜坐的年輕人。順道到診所取藥。幾多個晚上，他偶然留夜，亦經常回家洗澡。大清早，再出發。

太陽。

那時候，富貴竹早不種了。還有種的蕉樹，不需怎樣打理。蕉樹酷愛

人身難得。能得的，他以為，都得了。再無所得，唯有布施。以他自己

的方法。

在密集的人群與堵塞的路中，他向初相識的人，講他開荒的故事。他不

善講，眾人卻善想像。大家在想像重建家園，在原始的土地上，再開始。他

看見，眾人的怒氣怨憤，比他的更甚。對開荒，有更大的憧憬。

他想問，是市區鄉村化了？沒問，他只邀請人到他的田裡試耕。

在短暫的靜止與和平裡，眾人感覺建設了新社群，像不設防的城邦。警報解除，意味新的危險。

忘記了是孫女告訴他，還是他自己親身經歷的故事。沿著河步行回家。天空迅速暗陷下來。心緊張的怦怦地跳，清楚聽到自己的心跳。以為走得太快了。其實不是。路面一點也不平坦。地磚能掘的，都掘出來了，夾雜著沙泥垃圾，像無盡頭的，鋪滿一地。金屬欄杆以及其他能拆、能打碎的，在路上，堆得像一個個小山丘。車固然不能走了，人也舉步維艱。敲砸了的交通燈，偶然還會發出提醒視障人士過路的軋軋軋聲。心雖然有底，知道沿著河一直走，一定可以回家。但為何依然忐忑？索性不著急趕路了，就定神看暗影中的河。沒有光，水繼續流著往前。

在短暫的靜止與和平裡……

靜坐人群的前方，傳來隆隆的機車聲緩緩開動。靜止了一陣。

數百防暴警的軍靴齊聲踏步。又靜止了一陣。

防暴警一起大力用警棍敲響盾牌。靜穆。

頗長的靜穆。機車再隆隆開動。

數輛裝甲車與水砲車，在地平線上出現，漸變漸大，愈走愈近。

當第一道水柱高速射過來時，他糊塗了。水，不知是不是又再一次引導他，前行。

魔道

——模寫李維陵先生的同名小說

他說，畫他，要畫他的眼神。

我居然照著做了。他讓我完全不像我。

目光從來都是不穩定的。我也不擅長繪畫靜態的人物。他這樣說話的時候，我努力回憶著初次在佔領運動時，我看見他邪惡又令人憎厭的眼神。

當我在「罷課不罷學」流動教室講課時，我很注意在角隅枯坐著的他的面型和姿態。他看來是一般的大學生，但面相奇特，長長尖削的臉，筆直挺秀的鼻樑，面色乾澀暗沉，頸項從破舊的衣領駭然高聳挺拔出來。激越的外貌卻又懶洋洋的坐姿，恍如Modigliani筆下的繪像。即使眸瞳看來渾濁，他的眼睛透著深沉的力量，瞥他幾下已被他吸引住了，幾乎使我再說不下去。

來聽課的也不單只是參與運動的學生。我們在廣場的一隅輪流講課，佔據著廣場或過路的人，不時都會走過來旁聽他們覺得有趣的題目。我本來在談美術課題，但有聽眾卻問甚麼樣的藝術可以表達這個既沉滯壞透又亢奮狂飆的時代？我說我不過是個在大學兼課的畫家，對於這種題目我不預備作空泛的議論，但他們中間有些人嚮往激情的英雄主義，認為運動即使以悲劇結束，也可以為暮氣消沉的時代帶來轟烈的振奮。另外有一些人並不認同暴力抗爭，一聽到英雄主義便立刻聯想到武力征服與鎮壓，堅持廢棄任何狂妄出軌的企圖。那種氣氛中我似乎不能不平息他們的爭議，於是我衹好把心裡對這問題的簡單理念說出來。我說任何藝術都有責任瞭解我們這時代的本質，即使理性遭強權、激憤與暴烈侵蝕，訴諸狂熱的情緒衝動，無助處理當前的難題。藝術要以它獨有的方法諒解實際的糾結，創造光明與平靜，慢慢培養出新的理智、精神和意志。我說這種理性並不同於灰暗混沌的犬儒與虛無，而是積極合理的世界觀，引導我們走出目前的沉滯封閉狀態。

我不是第一次公開講述我的藝術觀了，但不知怎樣，我只覺得他恐怕是唯一對我的說話能全部吸收並有所見解的聽眾。我並不認識他，但很少人像他那樣快速引起我的注目。我無意偷覷他，他兩眼也盯視住我。我愈說下去便愈像對他一個人演說了，更索性衹朝向他那一方。可是我發現自己變得緊張和不安，心跳急促和臉紅，恍如一個處下風的狼狽辯士，好像我的論點受到他眼神的反駁和挑戰。從他的眼睛裡看到了使我戰慄的東西，或者說，一些魔性。

「可以和你討論一下嗎？」

課已散了多時，我一個人有點失魂落魄地走到海旁，忽然一把重濁陌生聲音在我後側出現，嚇了我一跳。回頭，我恰巧正對著那雙帶有魔性的眼睛。好一會我才寧帖過來，也不知怎樣回應他。

「他們都是一群無聊的蠢貨，」他自行開腔。「他們叫嚷著甚麼英雄主義，其實是一班鼠輩，膽子比那些害怕英雄主義的混蛋更小。」我沉默沒有作聲，實在也不知怎樣回答。「你的話也很無聊，」他居然這樣說，還帶著微笑。「不過我喜歡聽。畢竟是人話，腦袋思索過、認真想過才出來的說話。」

「我看不出你在聽啊！」我覺得自己這個回應很愚蠢。

「我聽著的，雖然懷著敵意與不接納。我留意到你的窘態。」他又笑了，完全是毫無隱飾的不道德的直白，絕對不顧及別人的感受與自尊的傲慢。

我當時沒有作出反擊，對他還極力隱忍。

「我看過你的畫展，很久以前就知道你。」他聳聳肩，「你最大的錯誤，是讓那些不懂藝術的人看到他們不應看到的東西。」我不肯定他是否指我重繪警民衝突新聞照片的油畫。那幅臨摹人群撐著雨傘、抵擋防暴隊四面八方的警棍與胡椒噴霧的圖畫，曾被指責抄襲新聞攝影，侵犯版權，毫無原創性，引起了一些爭議。我一直沒有作出辯解。藝術於我本是真確的「謊言」，別人以為獨特、真實、唯一，實質不然。我其實只是要在複製影像的過程中，探討政治暴力不斷在重複的現實。或者我想透過臨摹畫，述說這裡雖然沒有創造歷史的環境與土壤，但複製也可以是另一種的開拓。處境愈困難，才會激發起創意。複製未必沒有新機遇。我後來知道，只是他才明白。

第二天早晨，他不請自來到訪我的畫室。我正在畫我那些被佔領的街景與人的背面。

「你不會想到我來的，」他進來後老實不客氣地隨處走動，翻弄我的速寫稿，還從冰箱取出凍飲來喝。他一面啃著我放在桌上的早餐吐司一面對我說：「我知道你的地址。」廣場上很多人都知道我的畫室在附近。

「我不歡迎人在我工作時攪擾我。」我按捺不住向他下逐客令。

「你畫你的，我坐一旁不打擾你。」他嬉皮笑臉：「你昨天才說過社會需要諒解、合作和容忍。」我本想反駁幾句，但終究忍耐著。教養節制著自己，我繼續在調色板上混好白與黃、啡與藍，塗擦在畫布上。

他拖過一張靠背椅坐在書架側。我斜目看他抽出了我收藏的畫册看了幾頁又放下。他翻出了海德格、德勒茲和阿岡本，最後耐心看了一個多小時的《牲人》。那樣認真和全神貫注，使我對他的印象有點改變。

畫完了亂放在路上東歪西倒的雜物，我放下畫筆，用布揩拭手裡的顏色，倒坐在我的沙發上歇息。他站了起來，在房間裡逡巡著，像在他自己家裡。我仔細打量他，個子高削，臉色黧黑中帶著蒼白，襯衣有點髒與舊，配一件不合季節的深色外套，褲管滿是皺紋，波鞋面沾蓋著污泥與黑跡。他在我的畫架前停下，睇視我那幅接近完成的油畫。他端詳著，我忽然想聽聽他的意見，可他衹簡短說：「還不壞。」他開始逐幅檢視我的作品，還搬動牆角的畫幅。他細心地看了好些時候，完全不用經我同意。我也沒阻止他。

他檢出了一幅仿 Klee 天使肖像的人像畫，那是我在一種幾乎是痛苦的失意狀態裡畫成的。他看了很久，那樣集中，像一個權威的鑑賞者和評論家那般的翻來覆去，注視每個筆觸與細節，不時退後幾步，從較遠的位置來觀察畫裡那種我久已淡忘的悲傷氣氛。

「我要這個，」他在我面前揚起這幅畫，卻隨即又道：「我不要了。」我不高興他那種命令式的強索和傲慢，但也給他的反覆弄得迷惘。「我沒有家，住的地方不適宜掛一幅你這樣的油畫。」

「我本來就沒有預備送人。」我居然帶點委屈的說。

「這個男生很美。真有其人嗎？」那是我極少數的人像畫。我無法再面對那個人，我只能把他畫成抽象的樣貌。他居然看出他的美！

他走了以後，那一天我簡直無法安定下來再工作。他有蠱惑人的魅力。

佔領街道的七十多天裡，他時常到我的畫室裡來，來得這樣繁密，幾乎佔據了我大部分工作和生活時間。我對他了解漸多。從他身上，我發現我自己在抗禦著的某些性格特點。他獨特的見解，常與我習慣的思想規律相左。他對罪惡的題材格外起勁。他能夠在我忽略的地方指點出我正想尋求的東西，但照他的意見改正，竟不再像我的作品。他無形中移轉了我的精神。

他原來不是漢人。他不太願意講述他的經歷。我只粗略的知道，他在族群的藝術家庭裡成長，小時候已參與藝術演出。聲色與才華早受賞識，被人帶到漢人的大城市裡，卻遇上了不正當的人。他口中的幾個「乾爹」，有高級官員，有企業家，也有流氓壞分子。我感覺得到曾經有不少可怕污穢的事情在他身上或身邊發生。他說他靠一個「乾爹」流亡出來，本想遠走外國，意外的停留在這個過渡的城市裡，寄居在一個比他年紀大許多的女人那裡。那個女人還有個年少的女兒。

他愛說話，有時卻十分沉默。我跟他主要談論藝術，偶爾也觸及政治，畢竟那時的社會氣氛令私人生活亦受影響。他的理解力非常深到，對很多問題都能敏捷地抓到核心。他那天不來，我那天便幾乎耽不去，只有又到街上蹓躂與活動。

「搬到我這裡來吧。」有次我終於忍不住對他說。雖然我並不寬裕，但我願意負擔他的生活。勉強點我們可以同活一段時候。

「你不要干預我好不好？」他大聲說著，忽然又笑起來。「供養我的都不是好人！你想做我乾爹嗎？」他暗示那個年紀大的女人也對他另有企圖。「我討厭他們，他們供養我，也在利用我，剝削我，吮吸我的肉體與靈魂。告訴你，我要報復！對這個沒有公義的世界報復！」提到復仇，他笑得邪惡和狂妄。

「索性離開好了。你知道任何復仇最終都是罪惡。」

我天真的要說服他，罪惡行為不在於別人的評判，而在於自己的良心動機。一個人的良心究竟憑甚麼根據呢？他反問。只有相信人與人之間的關係，一定需要有價值的情誼來維繫，如果沒有這些，那我們將會回復到獸類那樣的原始時代，淪為沒有一點人性的魔鬼。我們辯論的激情也許都是時代的產物，儘管我以為自己可以堅守著理性的原則。

經過了一整個夜晚街上的激烈對峙，他早晨來到我的畫室小睡。醒來忽然提起要我替他畫一幅肖像。

他的特性很難把握，但我覺得驟然抓到了要害。正如他說，祇要畫準了他的眼睛和後面的神髓，我就會作出一幅絕妙的肖像畫。我完全忘記了疲倦和休憩，足足畫了大半天，才將臉部畫好。猶如嶄新一幅的 Klee 天使。我感覺那是我平素作畫以來的最佳作品之一。我突然想起過去我那幅天使畫，過分注重臨摹的人，忽略了背後的情景與時代。這次我畫他，除了捕捉了他的目光定神看著前方，但又欲離開的感覺，我亦描繪了他背後的情緒，彷若要召回過去遺失與未竟的種種可能。

「我的靈魂是不是永遠要留在那裡？」他忽然說：「它是我的 Dorian Gray 嗎？」

我驀然記起了 Oscar Wilde 筆下那個惡魔變相的故事，肉體徹底出賣了靈魂。「你做著惡事所以你害怕？」我向他調侃的問。我那刻陶醉在創作成就的興奮裡面，根本沒有注意到他在我背後所表露的神色。到我抗拒不住疲累的時候，我在椅上睡著了。

及我醒來時，面前的事實使我無比地震驚。那幅我認為是精心傑作的肖像畫，竟被顏料和刀痕亂七八糟地塗抹了。他還在拼命地擠出油彩蘸著向畫的臉部猛力亂擦。這種毀壞舉動使我憤怒若狂，我從他手裡奪過畫筆，用力地將他推倒。我氣急敗壞地用惡毒的聲調咒罵他。我很少這樣劇烈動氣過。當時我實在無法駕馭我衝動的情緒。

他倏忽推開門出去。從那次以後他再沒有到我的畫室裡來了。我經驗到格外的空寂，後悔那天待他有點過分。

當街道回復了舊日的秩序，我亦久已回歸正常了。或許，我根本無法回復正常，正如這個城市恢復的秩序，都不再是往日的模樣。無論如何，我也不想再提起幾年前那些激盪的情緒，幾乎可以斷言我已經決定忘記了他。

我的能力既不能改變任何事情，那何必要花心機去關切這些身外物？關閉自己在藝術世界裡，或許可以保持我心地清淨。我沒有瞭解時代，我的藝術也孕育不出我想有的理性與意志。當然我亦沒真正了解他，遑論他置身的世界。在大規模的剝削、壓迫已成為理所必然的時代，他不復有所謂良心和道德的感覺了。他更不會畏懼他的復仇行為會有甚麼報應，並且嘲蔑世間的法律與道德。對他的失望不應該就使我放棄對於人類善意與互助的希望。我應該對人類的未來有信心。我重複地在腦海裡對自己說。

我沒有把他破壞了的肖像畫棄置，還把畫幅用紅繩掛在牆壁上。我也許覺得它正好表述，人類以毀滅證明自己的主宰地位。畫裡他眼望前方，破壞的刀痕為背景製造了蒼茫的過去。我的天使見證著歷史繼續前進，但並未帶來理智與自由。

我想得很多，終於感到疲倦，準備寬衣就寢。忽然門鈴響了。他站在門外，滿臉憔悴，神色充滿痛苦的憂鬱，看來他非常疲憊和經過內心劇烈的掙扎。

「人的存在究竟是為了甚麼？」他進來時忽然這樣問。我只能說多少年來一直還沒有完滿充分的解答，對於這問題不能作太多形而上學的探討。應該儘量運用積累的知識和技能，去改善這個世界，使它更合理地適合所有物種在上面居住。即使做法想法各有差異，但如果能少注意自我和多注意別人，尤其是經過長期歷史苦難的善良樸實的別人，當會使我們對這個問題有樂觀積極的結論。

「你又要來教訓我了。」他忽然岔斷我。「我昨晚的經歷令我永難忘記。」他無意中看見牆上的肖像畫，「對不起，我毀壞了你的畫。我實在不預備在畫上看到那樣可怕的自我。」他的聲調哽咽，感情激動，緩緩地向我細訴。

許些年後，他那個晚上的說話，依然在我腦中清晰的迴響。他說為了復仇，他本想同樣以他人對付他的方法佔有老女人和她的女兒。他非常容易地便佔有了老女人，他甚至覺得那個女人滿意他給她的征服。然而當他對女人的女兒有所行動時，女人卻撲出來，以赤裸的身體掩護著受驚的女兒。這真是一個可怕的時候。他說，他從未見過弱者受委屈的時候表現得那樣卑怯。她睜視著他，眼睛發出一種他前所未見的光輝，像個慷慨獻身的聖徒那樣，那麼莊嚴和那麼虔潔。他的目光一跟她接觸，竟使他愕住不能動彈。那一瞬他好像清楚地內省到何謂真正的罪惡，是一種非常實在的具體感覺。他從沒有像那一刻那樣厭惡和痛恨自己。他軟弱了，他無比的羞恥，發狂地奔跑，四處亂闖，要逃避這感覺，最終又來到我的畫室。

他頹然的伏在地上，靜靜的飲泣。我安置他睡在沙發上，勸導他休息一晚再說。通宵的擾攘使我已抵禦不住疲倦。這一覺睡得很長很舒暢。我醒來第一眼就望到他不在那裡。他的肖像畫也沒有了蹤影。

這以後他沒有再到我的畫室來了。他始終一直沒有下落。

遁士

數天前，黛菁還在電話裡與母親爭論吃不吃雞的問題。

做冬怎可以不吃雞？母親其實不是在問問題。

不單是禽流感的原因，黛菁試圖解釋，現在養雞的方法很惡劣。不人道，又令雞變得非常脆弱，容易生病。吃了也不好。

那就吃一點點吧，母親堅持。嘉美雞，本地的。沒問題。便收了線。

要改變母親，黛菁明白機會可能是零。她有時也不理解，自己為甚麼還要花力氣這樣做。她不可能對母親有任何幻想。

上兩個冬至，她與大姊推著坐輪椅的父親回家吃飯。母親只是忙著逗哥哥的兒子玩耍，對父親完全不瞅不睬。黛菁看著，不是味兒。

之後在洗手間門外遇上母親，母親向她翻白眼。妳最好不要給面色我看，不是妳對我說嗎？他人早已經走了，那不過是一堆骨頭。

黛菁知道，她相信母親也知道，她那時說這些話，不過是在安慰母親。照顧老人痴呆症的父親，實在太累了。母親每天都有許多許多的怨氣。兄弟姊妹們還未有決心，把父親送往老人院，仍然希望憑藉家人的照顧，父親可以好起來。母親的不斷投訴，動搖了他們本來就沒有基礎的信心。不知怎樣，黛菁便對母親，說了這些話，好像也為日後他們終於送父親往老人院，找到了理由。

那年冬至，也是父親最後一次回家吃飯。黛菁口裡細嚼著雞骨頭，偶然看一下靜默一旁的父親，腦裡浮現的是小時候一家人在村屋門口過節吃飯的情景。她把雞骨頭吐在地上，也沒人責罵。黑狗好快便把雞骨頭格格的咬幾下，完全吞掉。

許多年後，她從電視上看見政府人員把雞隻大批大批地殺掉、埋葬，黛菁就衝口而出說，怎可以？她事後回想，她不肯定那時有沒有想過生命。

在家門口過節吃飯是歡快的。黛菁只記得自己有過的心情，她想不起父親與母親的關係是不是愉快的。她自我中心，那時，不會注意到別人。

道士

父親抱著她，教她做泥膠勞作。父親從後捉著她的小手掌，泥膠要這樣搓，這樣搓才可以搓出小白兔、小人兒。黛菁的一雙小手給父親的大手掌執著、包著，感到挺溫暖，但她同時又想掙脫父親的手，由自己親手把泥膠搓出她想像的形狀、渴望的生命來。她的矮桌子放在屋外，天氣有點涼，父親以巨大的身軀從後抱著她。暖暖的她看著面前一小塊一小塊不同顏色的泥膠，慢慢浮現了形態。她想到用一條小紅線，把一顆顆搓圓了的泥膠串起來，當作是自己的珠鏈，掛在頸項上。

那時，她只知道她是父親最寶貝的女兒。她是么女，最受家人寵愛。父親休假的日子盡是眾人的工作、上學天，父親總要求黛菁那天不要上學，陪他去玩。母親最初也一起去，只是要趕回家接哥哥姊姊放學。後來，母親有了工作，大多時候就只有父親與黛菁起行了。那時，一家人已遷往市區，方便工作與上學。父親的假期，是黛菁的額外假期，雖然她小小的腦袋裡也有一點點擔心功課。

跟父親外出還是歡快的，即使父親不常帶她看電影或逛商場。父親最慣行山。小學生的黛菁沒有腳骨力，父親與她由慈雲山出發，走到沙田坳就算了。平日的沙田坳士多沒甚麼人，黛菁最愛那處的餐蛋麵，口裡滿足的吃著，腦裡浮現父親沿上坡路一直參拜亭閣、牌坊與祠廟中仙佛肖像的情境。

她也不是只知道自己，完全不理他人。其實，那時，她是知道的。她知道哥哥姊姊對她有點妒忌。甚至，她感到母親，因為父親的過分偏愛，有時出言也很不顧她的感受。

你們前世一定是戀人來的，但卻結合不了；今世再投胎，哈！還是不能結合。

母親的說話可以好尖刻。黛菁記得，她已經是初中生了，不是不懂事了，母親怎可以衝著她這樣說。

行山時的父親話不多，只是那次黛菁與他終於從沙田坳上了獅子山，父親顯得有點興奮。上到地勢較險峭的路段，俯瞰下望的父親指著大半個九龍市區，說甚麼獅子山下精神，不外是爭爭鬥鬥、離離合合，最精神的，在獅子山上。回程，年少的黛菁看見山腰殘留的軍事炮台遺跡，便衝著父親問，這不是爭鬥嗎？

父親開始認不得人的時候，家人都認為黛菁是最傷心的一個。黛菁不想這些。那時，她彷彿知道，當你忙著其他事情時，人生才在你不為意下發生。她正與中學時的男友鬧分手，自己又未決定轉讀藝術系，然後父親就突然說不出她的名字。

每個週末，她從大學宿舍回家，甚麼事情也不做，只對著父親朗讀他以前讀過的書。她覺得他是聽懂的，而且不時有反應。

……吾故好之，世俗成風，吾從眾耳。余曰：此非答我所問。彼又云：欲脫苦耳。貧者欲求富饒，病者欲祈疾愈，困厄者希通達，沉淪者冀超升。余曰：此言近似，尚非真實。彼又云：欲除業障耳。今生之苦，皆由前生惡業所招，今將去惡行善，以期業障消除，免受苦報。余曰：此言似矣，猶未盡也。彼又云：欲斷煩惱耳。人生造業，由煩惱起，今將斷滅煩惱，庶幾苦果不生。余曰：此言似矣，猶未盡也……

黛菁反復的念著念著，有時只是為了發聲，沒有太在意內容涵義，她只在意父親有沒有反應。父親的反應奇特，有時她認為是悲傷的故事，他卻笑了。幽默的篇章，他只皺著眉。慢慢黛菁也不介意朗讀的是甚麼內容，只要是他以前讀過的，就可以了。

不可以的，是全新的東西。黛菁朗讀過新買的書，父親一臉茫然，最後甚至抱頭掩蓋著耳朵。黛菁也讓他看她的美術紮作。父親似乎完全不理會顏色，他只用兩三隻手指去觸碰黛菁的作品。觸摸到尖的凸的部分，他立刻把手縮回去，不願再碰。

自然地黛菁以為父親會喜歡觸摸柔軟、毛茸茸的東西，她便用了類近的物料造了幾件作品，但父親只摸了一、兩下，再不表示興趣。她試了好幾種不同的物料，軟的、硬的、冷的、暖的、天然或人工的。過了一段時間，她才發現父親對塑膠物料的作品有最大的反響。那次，他抱著黛菁造的塑膠小狗，猶如抱擁著嬰孩，許久也不願放手。

那時，大家還有希望，覺得父親可以好轉過來。最簡單讓他抱著膠水樽就行了。母親如是說。黛菁不以為然，造了不同形態的塑膠作品，任由父親每天每夜的攬抱著。

那時，黛菁還不會想，微膠粒已滲進食水與空氣，因此也走入了人體。父親因而對塑膠物料有難言的親切感。

她隨時可以用膠水樽砌出不同形貌的紮作，應該是從那時開始的。眾人都讚歎黛菁用廢棄膠水樽砌出來的巨型坦克戰車美麗、宏偉，就擺放在彌敦道上，有一夫當關的氣勢，迅速成了本地與外國媒體獵影的對象。

有人叫它作「和平坦克」。黛菁不置可否，但心裡反駁，用上坦克，怎可能有真正「和平」。有人提議，多砌幾部膠水樽坦克出來，讓它們排成一直線，在前面放一個手無寸鐵的人像，由這組藝術品代表這次運動的意義。黛菁並不認同，當然也沒有再砌另一部坦克的意向。

始終，黛菁反對用膠水樽。

妳們做了甚麼，最後都被泥土埋葬，灰飛煙滅。唯有塑膠，永遠不能分解，埋在地裡，終究不能塵歸塵，土歸土。

她們在網上組織了一群人，在遊行之前把沿路的垃圾桶封存起，旁邊設置了回收袋，提醒參與遊行的朋友，不要隨便棄置垃圾，要把廢物回收。在不同路口上，她們擺了水站，讓遊行人士用自備的盛器添水，鼓勵他們不要用即棄的樽裝水止渴。偶然她們也成功地使更多人在遊行完畢後，參與執拾隨手亂棄的宣傳單張與膠水樽的義務工作。

以黛菁的個性，本來不會走入群眾，但她藝術系的同學很多都參與了運動，也經常在說，未來的美好世界不應滿地垃圾，不該滿城盡是化不開的塑膠，要對既有的權威與秩序抗命，先要由自己的生活做起。她不期然地同意。

妳們反對擴建堆填區、反對興建焚化爐，自己又不減少製造垃圾，那不是很矛盾嗎？不過黛菁不太同意同學通宵達旦、不眠不休地去組織、參與運動。

人不休息，怎樣有健康生活？通宵活動，不會帶來噪音與不必要的耗電嗎？她的問題大家只是一笑置之。

從小黛菁便被嘲笑患上了渴睡症、生活像個農民。天一黑，她的睡意就像烏雲抹頂般湧來。學校露營，她總是最早一個睡著，錯過了參與半夜的營火會、講鬼故事與探險活動。許多人覺得夜深才是促膝談心的最佳時刻，黛菁卻早已睡昏了，無法與更多人分享他們的內心，就被理解為有點高傲，有點孤僻。

那次，遊行過後已經是九時多，黛菁和她的同伴滿頭大汗地為收來的東西分類。廢紙、鋁罐，膠樽九十多袋。膠樽要再分類，樽蓋要分開，樽上的招紙要放一旁。分類工作完成，已過了十一時半，眾人等待著貨車來運走回收物。黛菁與同伴估計，今次的回收價或許可以抵銷叫貨車的費用，但她們還是每人先付了五十元。

半夜了，貨車還未來，等著無聊，有人提議往遮打花園，那邊好像還有人聚集。黛菁已經很睏了，本想回去，拗不過就跟著去了。一大片人潮坐在馬路上，圍觀的人也很多，黛菁她們見前無去路，也坐了下來。黛菁真的倦極了，側身躺在背包上坐著，似乎很快便掉失了知覺。

直至天亮，她悠悠醒轉，看見前排的人一個一個抬生豬般，四肢懸空吊起的被抬走。有人在高叫口號，有人在飲泣。黛菁心裡異常平靜，感覺不著心跳，也察覺不了呼吸。她的四肢遭幾個人提起來。那一刻，黛菁看見自己的上半身還在地上。換言之，或換個角度，她癱軟在地上的上半身，眼睜睜看著自己的下半身像一大塊屠宰了的肉般被人抬走。

她的同伴在旁叫嚷鼓勵，不要害怕！我們都在一起。黛菁沒有害怕，只是看見自己與自己不在一起。

她被抬遠了，看見自己的上半身已陷落在土地裡。

望著自己的下半身遭抬走，黛菁感覺半截的身體慢慢向下沉，逐漸，逐漸被柏油地全面覆蓋。

警局亂成一團，那些警員似乎完全沒有同一時間逮捕幾百人的經驗。眾人忙於登記資料、核對身分、打指模。警方沒有足夠人手盤問每一個被捕者，大家呆等著，愈變得不耐煩。有人不斷吵鬧要上廁所，又說饑餓了大半天，要求警方提供食物。年輕的警員沉不住氣，大聲喝罵，但又非常無奈地要一邊為被捕者傳遞其實並不足夠的飲用水。混亂中黛菁發現自己的上半身在警署裡氣定神閒的接受問話，下半身卻不知去向。因為沒有了下半身，黛菁反而不感到尿急，亦不覺肚餓。

手機短訊響起，老人院說送了父親到急症室，要家人快往醫院去。

黛菁開始急了。排隊上廁所，在其中一格裡，看見自己的下半身已在那裡小便。

到達急症室，已經下午三時了。哥哥安慰她，爸爸走得很安祥，一點痛苦也沒有。其實，都是老人院的員工說的。家裡沒有人趕及送父親最後一程。

人生重要事，起碼都要重複兩次。黛菁花了大半天在警署，當下在急症室又被當值的警員問話。

妳爸爸住老人院多久了？妳隔多久去看望他？妳上一次去看他是甚麼時候？有沒有發現甚麼異樣？妳們對老人院的服務有沒有意見？妳爸爸的痴呆症有多嚴重？他懂得自我表達嗎？他可有其他疾病？可有長期服藥？妳知道是甚麼藥嗎？妳知道老人院多久會帶他到醫院檢查？

黛菁像上半身般平靜地應付著警員的問題，同時看見自己的小半截上身躲在急症室的暗處，偷偷落淚。

她又用了更多的廢棄膠樽，造了一個三米高的「舉傘人」，放置在海富中心對出的迴旋處草坡上。儘管有許多人為它拍照，黛菁明白她的作品不可能長久。腦裡浮現的是推土機把它壓平，垃圾車將它的碎片送往堆填區去。她試過想像他們會回收這些破開了、剪裁過的膠樽，然而腦裡沒法出現相關的影像。

後來，她造了幾尊膠水樽佛像，擺放在彌敦道的障礙雜物上。

父親帶她去山裡的佛寺。小學生的她問，你是佛教徒？父親搖頭。之後跟她說了個故事。

一個孝女向路過的菩薩求救，要求他布施眼睛，醫治她病危的父親。菩薩毫不吝惜，立刻挖下自己的左眼給她。孝女卻說，不，你弄錯了，需要的是你的右眼，才能治我父親。菩薩猶疑了一下，再想用手把右眼挖下，立即遭孝女阻止。不用了，因為你遲疑不捨，眼睛已對我父親的病無效了。菩薩錯愕間，單眼看見孝女也是沒有了一隻眼睛。

黛菁經常在藝術系裡聽到，妳選擇用甚麼物料素材造妳的藝術，妳便會得甚麼病。系裡一個教授最愛用噴漆作畫，他得了肺癌。黛菁不認為她選擇了廢棄塑膠，而是廢膠選擇了她。至於會得甚麼病，她不想這些。

母親哭訴著，父親如何大力把她推開，使勁地亂摔東西，不讓她幫他洗澡。現在他大小二便都不懂，又不讓人替他穿紙尿片，妳要我怎麼過下去？我不知我以前欠他甚麼。母親的怨恨，黛菁不曉得如何化解。她不知道要如何感恩，因為麻木遲鈍要在厄困中才可以改變、釋放。但面對母親，她害羞木訥，不懂細說內心。黛菁隨手拿起膠水樽，爸是個用完了的膠水樽，爸好像是個無用的物件了。留著，或許還會變成有害物質。不過，爸……塑膠是不能分解的。它雖然可能來自自然，卻不會回到自然去……爸好像離開了，其實，其實又未必……。母親怔怔的聽著，沒有再說甚麼。

黛菁腦中畫像，盡是微膠粒分解、再分解卻永不消失的幻變圖案。

最後一次與父親行山，是黛菁大二的上學期，她還未轉系。父親有點力不從心，以前從不用拐杖，那次帶了把雨傘。不知為甚麼，不是公眾假期，那天行山客卻頗多。父親有點拐，山徑照舊開闊好爬，他停歇卻多了。深秋的太陽依然溫熱，他見行人不少打著傘，也撐開自己手中的一把。逢！黛菁看見，父親張開的是大姊的透明膠傘。

秋刑

好不容易捱過了小暑，大暑又至。轉眼就立秋了，但秋老虎還是要吃人的。周圍已很火辣、燠燥、悶焗，就算盛夏從不來。只是，人力從來擋不住天氣。

勝哥焦慮的掃著手機，等安盈回覆。床頭電視當然開著，只是屏幕小，畫面又無甚動靜，一群人走來走去，看不清誰是誰。他其實愈看愈心驚，不敢再看下去。安盈終於覆了。她知道前線的衝了入去，但她沒有進去，已回家了。勝哥吁了口氣，但意識裡舉槍鎮壓的畫面仍在。幾十年前的殘影與當下的影像混為一團。年紀愈大，本來愈舊的影像愈清晰，當下的反而模糊，卻更煩擾。心還未平復下來。他打開門，走上天台。

正門的樓梯還是不錯的。乾淨，寬敞，明亮，地磚還沒有剝落，扶手用金屬裹著，尚有些大樓往昔的氣派。可是後樓梯就差得遠了。骯髒又潮濕，又堆了雜物廢箱。梯級崩壞，牆壁積了一層油膩般的污垢，不小心靠上去，會有給黏住的感覺。沿著樓梯都是發霉的紙箱、椅子和破舊的家具。窗玻璃大部分都蓋了厚塵，有些玻璃甚至被打落。垃圾、果核、碎殼、骨頭等髒東西，無人及時清理。總有水漬，不知由哪處滲漏。梯間恆常地濕滑，還有一股難受的氣味。勝哥不是講究的人，不慣也慣了。近十年大廈多了劏房層，住客多了雜了。到天台，無法子不走後樓梯。他拿著煙，沒有點著。這幾天咳嗆得較厲害。風未起。他的大廈矮，遭四周高樓團團圍住，下面的橫街、單行路，成了相互的護城河。

水泥、金屬可不可以因為水變成生物細胞？只要本身結構複雜得自行產生足夠運行的信息，就有相同的功能了。勝哥聽過這樣的一種說法。這些年，他去盡一切可以去的講座，幾近填滿了他每天的日程。他不知這叫作學習，還是治療。沒所謂了，他覺得自己漸漸有體會，身與心都有點兒轉變，明白至簡的，才是大道。複雜的，他不懂。繁鉅的，也做不來。安盈著他讀書，介紹他看尼采、安那其的。勝哥知自己是個沒有學問的人，書翻了幾翻，就看不下去。

不如親身感受催淚彈的氣味，沒有甚麼比身體的經歷觸覺，更能學習新東西、新價值了。是勝哥最初的理論。吃過催淚煙，他就不這樣想了。雨傘運動時，單看電視畫面，雖然震撼，他也未必走出來。直至他路經旺角，近距離看見那些擺檔、那些精巧華麗的摺紙、感受那些留守者的氣場，還有那股平民市井的味道，勝哥才突然有動力要參與，認為自己有角色可演。兩個半月的佔領，他只親身投入了最後的三十三天，清場時後悔自己的貢獻實在太少。後悔無法使人輕鬆下來，即使那場運動曾經讓他與女兒翠思修好。也許是大氣候，也許，勝哥以為是他的業。之後每個月他嘗試去看女兒一、兩次。他不敢多去，因為女兒可能受不了。實情也是如此。翠思與母親同住。勝哥不敢去。每次都要約出來見面，而女兒又忙。他擺脫不了習氣。好奇心重，管閒事，愛嘮叨。他試過到翠思教書的地方看她。女兒不認同他有權這樣。他亦自知不對，拋妻棄女的父親還有甚麼資格與尊嚴？但有時無法控制。當他去看望女兒的時候，總是有點畏懼閃縮，大概不曉得會怎樣被對待。似乞憐的流浪犬，女兒如果那天心情好，掉下一塊碎骨頭，勝哥就無比興奮的猛搖著尾巴，但也要克制自己，不要以令人討厭的舌頭，舔不想被舔的面頰。

失落是雙重的。不過勝哥比以前睡得安穩，身子健壯不下青年人。而且，有了安盈。安盈在街上唱歌。勝哥後來才省起，好像在何處聽過。那時當然不知，她已是個情緒病患者。安盈參加雨傘運動時，只是初中生，比勝哥的女兒還要小，更不足秤，卻要大力去衝去撞。差別在，她不是留守在那裡的溫書蟲。她在佔領區唱歌。她是樂隊的歌手，有點風頭。勝哥還是覺得她跟女兒翠思相像，猶如兩滴雨點般，不知從哪裡墜下來，都落到他的身上。分別只是大小不同而已。

他們並非相識在雨傘，而是傘後的社區運動。情緒病人大多看不出來。勝哥還以為安盈十分開朗。義務助街坊做三行水電的維修，那晚勝哥在社區會堂放器材時遇見安盈。天使般的臉孔帶著一些靦腆，對突然出現在面前的女孩，勝哥有點愕然，也有點受寵若驚。安盈說她也是義工，家裡忽然爆了水管，夜裡找不到水喉師傅，實在情非得已。立刻明白的勝哥，二話不說，開小貨車連同工具，一起上了安盈的家。她與姐姐兩人住。大廈算新淨，也不過是個稍大的劏房。弄好了水喉，還有運作欠順的電器、損壞了的家具、日久的牆身批盪……。家居維修是無止境的，只要有住人。

多次的閒話中，勝哥才知道，陽光女孩其實害怕陽光。安盈的抑鬱症要定時服藥。長期服食藥物的後果讓她荷爾蒙分泌失調，若受紫外線直接照射，思路與情緒便頓時紊亂浮燥。所以不能曬。所以也起得晚。幽暗深沉，不是比喻。聽安盈的故事，往往令勝哥冒汗。她在記得與不記得之間，在天台徘徊，打電話給朋友，說再承受不了，很累，很痛，很重。嚇得朋友四處找樓宇天台，急叫眾人尋她。安盈說時茫然，笑話自己完全想不起那次為了甚麼。

勝哥自認是粗人，粗人有粗人的活法。她姐姐會做菜，厚面皮上安盈家吃飯便多了。他當然每次也帶點東西上去，管用的不管用的。不一定要花錢買，有時排幾小時的長龍，為了換取精品，討兩個女性開心。久了，也偷偷鼓勵她減藥，瞞著姐姐與安盈往西貢爬山。勝哥信自然療法，人不可能不曬太陽。安盈也許亦厭倦了文青型格，她說想像過穿小背心、熱褲做搬運，做肉類分割技術員。想著想著便笑了出來。還要作歌唱頌：「不必打大赤肋，也不須暴烈。力量可以溫柔，改變就在現場」。要來的都要來。勝哥不知是如何開始的。他不是失眠中愛苦苦思索那類人。因為大家都沒有防避，根本沒想過有這個可能。姐姐知曉後，暗示他別再上來。勝哥沒有埋怨甚麼。他並非不懂世情，人間本就多風言風語。年輕時迷上過酒廊歌手。一群常廝混的工友，每晚到酒廊捧場，醉熏熏的朝那個女歌手拼命鼓掌喝采，險些被人拉出去。歌手在電視台比賽贏過獎，有些名氣。年輕不識死，瘋狂買名貴東西送她，痴痴纏纏，也筋疲力竭，背上債，就厭了。勝哥感覺這次不同，不多見，想念她，也覺快樂。他預想女兒會說，一條鹹濕伯父，一個自毀少女。翠思沒有說甚麼，也不表示支持。她對父親的憤怒，已經遙遠了。嬲怒與恨纏繞過她，讓她完全受制於外物，許久也尋找不著自己的需要。她只提醒勝哥，抑鬱症患者情緒容易反覆，看見別人輕生，自己不期然會萌生死念。她有學生是這樣。

翠思自己的情緒其實也極需要別人疏導。她卻要先輔導自己任教的學生，開解他們的心理鬱結。不要衝啊！說了也沒有人聽。傘運時在街上的自修室輔導學生參與者的方法，現在完全無法用得著。她有些學生已離家出走多時了，他們根本已不再相信舊的一套。情況迅速變化，翠思知道慢慢的說，沒有人再有耐性。但她不相信速度就是一切。譬如溝通，譬如思索，唯有跟著時間悠悠地轉。只是她仍然無法接受粗言穢語衝口而出。父親不顧家，但也沒有與母親以粗口開罵。翠思害怕這種語言變為仇恨的助燃劑。

在太古廣場悼念逝者時，眾人都說看見一隻燈蛾伏在高處的牆壁上，隱隱泛著光。勝哥手心出汗，希望安盈沒有看見。六月的狂潮來得甚急，勝哥主動找她姐姐。她說安盈有時整天外出，凌晨才回來，她也阻止不了。有時卻連續幾天不出門，賴在床上，不願起來。這也並非反常。傘運過後，安盈覺得能夠團結社區的，只有環保運動。她以身作則，示範個人日常生活的改變，可以引發社區效應。先是不吃肉、不用即棄塑膠、慎買消費品，對她沒有難度。減少外地旅遊，基層街坊完全不當一回事。晚上十時後減省用電，安盈在家也無法做到。姐姐晚上還有不少電腦工作，而且夏天不開空調，在她們的小單位裡，幾近不可能。安盈自己能做的，只是十時前上床睡覺。最初固然睡不著，也要克制自己不要在床上掃手機。掙扎一段時間，便習慣了。也因為減了藥，睡眠再不是昏昏沉沉那種，早上可以自然醒來，心情輕鬆。偶然還與勝哥爬早山。大概一年前，安盈突然連續三天不起床，廿四小時都在睡，迷迷糊糊的，全身乏力，手腳抬不起來。吃飯和大小便都靠姐姐攙扶，彷如癱瘓。以為她情緒病發作，但以前不會想吃東西的。癱瘓狀態居然有胃口。那段時間，她的上下唇脫了皮，更沒來由地身體充滿了強烈怒氣，安盈後來說。但當時身體表面上停止了大部分行為，差不多沒有任何能量消耗。到第四天才自動起床。怒氣消散了，整個人神清氣爽。

病過的人表徵上似乎好多了，但看似本來健康的，身心都忽然毀損失常得一塌糊塗。六月初，勝哥尚可以尾隨安盈的隊伍在眾人中遊行。即使未見對方的身影，仍有空互傳短訊，拍下剛路過的街景，大約曉得大家的位置。安盈有點遺憾的信息：環保議題要擱下來了，雖然我們的水與空氣都滿佈了微膠粒。勝哥手機回覆：對，我們身邊還有許多左膠。之後，運動動得快，不停轉移陣地，他有點疲於奔命，不確定安盈身在何方。勝哥倦，追不上。只能遠遠地看，當作看護著安盈。他聽女兒的話，即使阻止不了，也要從旁幫忙。他會把小貨車泊在附近。

西港城那次，氣氛緊張，口號叫了不久，嘭嘭嘭嘭，彈頭就射過來了。人群中煙霧瀰漫，有人尖叫、逃跑。勝哥受不了催淚煙，站得遠也要借生理鹽水沖眼洗臉。眼未完全睜開，見兩個人抬著一個少女往後跑。女孩不停咳嗽，氣喘咻咻得厲害。那兩個人逐輛車去拍打。勝哥上前問，要車？他們說是醫科生，女孩有哮喘，街頭混亂堵塞，叫不到救護車。勝哥領他們往自己的車那處跑，上車即開往醫院。女孩的呼吸愈來愈弱，反了白眼，面容扭曲，口微張開，胸肺似乎沒了活動。兩個醫科生在車上忙著為她急救，給她服甚麼藥的。她無甚反應，就強行塞入她口中，才有了些知覺。十分鐘到了醫院，卻遭急症室的登記員問長問短。醫科生細聲向勝哥說，是我們的裝束吧。頭盔、眼罩、黑衣。他們不得不先走，讓勝哥留下，聯絡女孩的家人。他不期然說，這裡留不得了，你們年輕的快跑！不知兩個醫科生有沒有聽到他的說話，兩人離開得也挺快，勝哥看了一眼手機，轉頭便不見他們身影了。他安靜下來看著女孩慢慢醒轉過來，看見她襯衣內白淨的頸項上繫了一彎紅繩，心只想著安盈。他不過是乾涸的泥垢，難得有雨點來濕潤他。

天台刮起了風。以前颱風蒞臨的日子，總是先翳焗一陣的，現在卻以風雨預告。一陣急雨打在身上，他瑟縮數下，覺得還是不要受寒了，能保得住自身安康，才有其後的可能，這把年紀怎可再直面衝撞迎來的風雨，便循後樓梯回家。他剛踏出一步下樓，突然幻覺自己滑腳，窮窿窮窿，一骨碌摔倒在幽暗梯間的廢水裡。他看見自己動彈不得，陣陣暈眩，卻沒有痛感，強力衝擊可能把神經線也撞散了、麻木了。身體一分也不能動，構想脊椎可能已碎裂，手機又不知掉落何方。肉體不怎麼痛，腦袋仍然很清醒。他感覺要張口說話，卻有口難言，咦咦哎哎，沒法道出半句完整的句子，清晰的音調。

不能呼救，似乎亦難期望短暫間會有拯救，他反而安靜了下來。廢水有點怪味，但並非不能忍受。也不去想自身能否復原，太認真思考一定會覺得一切無望了，就讓未來不要來。他看著自己望向樓頂，微光從梯間玻璃窗透射，身體扭曲在那潮濕骯髒的積水裡，不知多久。世界沒有沒來由的苦痛，他好像早已看見了，此乃命中註定，不可抵抗。何況外邊的明處暗處，有更多人正在受苦，也沒有呼痛。只是孤立寂靜令他有些無名的哀傷，卻也讓他感覺更實在。好一段時間自己能言、能動、能掃手機，就是覺著沒自由，甚麼地方也不能去，生活彷彿更虛幻。他不能不任由自己這般寧靜的癱瘓著，是要忘卻、逃避，抑或尋索暫且的安定？他才不要深究答案。別提理據了，他就是知道，這樣耐心、沉著又打開自己地躺著，總會有異樣的東西走進身體。或者是從身體某處孕育浮現出來，使自己重新變異。已經沒有了呼喊，也不再期待救援，只是靜靜的躺著憋著，彷彿廣袤寥遠的天空就快在面前。

小麻繩

瑪姬從昏睡男生的懷抱中滑出來，抓起床沿的細花胸罩戴上，從凌亂的書桌上尋回自己的 T 恤和牛仔褲並穿上。她看看手機上的時間。10:03。學生宿舍的升降機這個時間不會有太多人乘搭。

升降機的電子顯示屏停在 2。兩個女生走進來，一看見瑪姬，大聲興奮尖叫，Tutor，怎麼你來了 Q-Hall？

沒甚麼，探人。瑪姬支吾。為免她們再問，瑪姬續說，上課嗎？咦，你們今天都塗上口紅。有約嗎？兩個女生就吱吱啁啾，向瑪姬長篇述說她們今天的種種安排與期待。瑪姬不想在學生宿舍耽太久，邊走邊說，走到宿舍附近的專線小巴站，便提醒兩個女生，你們遲到了，快趕去上課吧。兩個女孩才如夢初醒，匆匆與瑪姬道別。

等待著將來未來的綠 van，瑪姬看見對面馬路一輛雙層巴士停站，車身上有大幅女性胸罩廣告。瑪姬有點喜歡那隻顏色與花紋。一條形狀獨特的紅線環繞著兩邊胸罩，呈現對稱的美感，暗示某種圓滿。

小時候的瑪姬低頭呆呆地看自己拖鞋上的花紋圖案，不時又抬頭看看大門。菲傭早已睡著。瑪姬望著，等著，母親如常的遲遲未歸，她不由自主地也睡著了。

勝哥曾經向反對者說，路路暢通，節奏太快了，容易令人盲衝亂撞；阻塞一下，反可恢復元氣。但他遇上交通擠塞，卻還是免不了有些煩躁忟憎。說容易，做就艱難吧，勝哥當然不會不明白這點。旁邊線後上的車開得慢了，他信號燈也不打，便把貨車插進快線去。後面的銀色房車大聲響號抗議。

那次的運動不一定是要改變大局，增加這邊的政治籌碼，勝哥試圖說服其他早已氣餒的人，不，不完全是關於外在世界的。最重要是我們因此改變了。勝哥的道理與邏輯，可能只有他一個人才懂。

我們未必有能力改變世界，但絕對可以改變自己。身旁有口痕友說，那為甚麼不信教？認真起來的勝哥可以滔滔不絕。不，不一樣的。信教甚麼時間不可以？他本來雙手抓著駕駛盤，也不禁舉臂握拳起來。我們有這樣一個千載難逢的機遇，才能有真正的改變。

從來與女兒無話可說的勝哥，因為那次運動，居然可以多次與女兒約會傾談。想到這裡，勝哥又興奮地不打燈就切了線。

門鈴好像慢了半秒才響起來。木門開了一半，隔著鐵閘，混了鄉音、不純正廣東話的老男人聲調，粗氣吆喝，搵邊個？老粗的臉在鐵閘後出現。頭髮半禿半白，一臉皺紋，帶點兇惡相，但細眼一看到瑪姬，惡樣卻突然收了回去。

瑪姬不讓他再問。替梁慧詩補習的。剛才打過電話來。

老男人露出不太清楚的表情，但已邊開了鐵閘，邊向屋內呼喝，阿女，補習老師呀！

梁慧詩與瑪姬就在廳中補習。梁慧詩的妹妹與弟弟在旁邊玩耍嬉戲。老男人父親在五步之遙的沙發上讀報。電視組合櫃上放了一些家庭生活照片。梁慧詩的母親比老男人年輕許多。瑪姬未曾在這類公共屋村單位中住過，也明白在這個小空間生活，沒有甚麼私隱可言。沒有私隱又怎樣呢？瑪姬又想，一家人挨得近近，不是很好嗎？

老夫少妻，典型的中港婚姻，但老男人算是香港人嗎？來了這裡幾十年了，從未能融入這個社會，濃厚鄉音的廣東話，做體力勞動的工作。性格不曉鑽營，不懂生意，人緣亦普通，即使不算懶散，工作與生活圈裡的女性也無一對他有興趣，最後用畢身積蓄，回鄉娶了個嫩老婆，帶返香港便也頗勤奮地生了一大竇細路；老了再沒有體力做粗活了，便依靠後生老婆打工養家。瑪姬腦袋裡投影了老男人的大半生經歷，偶然與許鞍華《天水圍的夜與霧》影像重疊混淆。她偷眼再望了望瞇眼讀報的老男人，不打算繼續想像那些可能發生的血腥家暴場面。

走入尋常百姓家，為眾生子弟義務補習，這個「美少女補習義工隊」本是瑪姬個人的偉大構想。她在金鐘自修室已有這個想法，在眾多個佔領的晚上，她提出來與其他人討論。運動過後，大家的低落情緒是渴望走入社區，重新振作。這個構想很快便成了實踐。

瑪姬被選為計劃的統籌人。接近四十個自願者，義務到各地區為中、小學生上門補習。瑪姬負責繁重的聯絡與安排補習工作，但她最厭煩是應付那些熱心要做義務補習老師的大學、中學男生。面對他們，瑪姬難免要反反白眼。但他們都看不見，因為溝通都在WhatsApp上。你們又不是女生，人家不認得你，怎會隨便開門呢?瑪姬總是這樣回覆。

登堂入室了，卻又可以怎樣?

本來為梁慧詩義務補習的玉姬今天開了小差，要瑪姬匆忙補上。不過玉姬早已匯報，姓梁這家人不容易跟進。梁父總是用鄉下話說一大堆不太能聽懂的話，意思其實是：我們不搞政治，你們不要搞亂香港。

梁慧詩剛把英文習作做完，瑪姬看見滿頁都是錯誤的文法，一時不知怎樣再開始。

大廈保安員把勝哥的身份證號碼慢慢寫在簿上。對這個保安員師奶的慢條斯理，勝哥顯然有點不耐煩。我又不是賊，我是義工呀，阿姐！勝哥心裡想。沒有說出口。

過往出入公共屋村，那些保安員都不怎樣查問，這次來到私人屋苑，便官僚得多了。又要登記身份證，又要抄下手機號碼，又要問探訪原因，保安員師奶還要撥電上樓找屋主核實。

終於，上到十八樓A室，木門未開，惡犬已吠。勝哥實在納悶，搞乜春？有錢佬也要義工上門？

幸好招呼勝哥的是個講廣東話的印傭。他一邊修理微波爐時，一邊向印傭打聽。這是勝哥的慣技。他認為這就是民主教育的開始。義務幫人修理壞東西，等於與人修好。好關係就能影響別人，甚至影響他們的投票意欲。這是勝哥的想法，但印傭的廣東話不是很流利，只結結巴巴說，她主人好惡的，最好你不要多問。

一個微波爐值多少錢？壞了，大多數人都懶得去修理，棄掉了算。你的主人真慳家呀！勝哥逗印傭說話。

她甚麼東西都不會棄掉的。

那很環保呀。這裡有一千多呎大吧？勝哥望望室內四周。但甚麼也不丟棄，總會不夠地方放置吧！

有一個睡房與一個雜物房，用來放置這些壞了的電器與物件。

不可能罷！勝哥難以置信。壞了的東西，留住還有乜春用？

印傭帶勝哥去看那個雜物房，鬆毛狗搖尾跟著。在微弱燈光下，他見到確實有不少舊電器堆放在一起。舊式的木箱型顯像管電視、老爺雙葉坐地風扇、鐵熨斗、火水爐、舊款坐檯電腦等等。當然還有許多用舊了、過時了的家庭用品雜物層層疊疊的擠壓在房內。

你老細是收藏家？留下這些舊嘢不用，又不丟棄，一定是特殊癖好罷。

勝哥忽然對這家人有點好感，因為他自己也有一個小貨倉，除了存放日常的三行工具，便儲存那些他不捨得掉棄的工程殘餘。用剩的漆油、泥灰、鈍了的泥鏟、鋤頭。運動過後，他又搬來那些帆布、帳篷、木梯、木椅等眾多雜物。

印傭卻說主人從不走入這個房間，似乎不是對存放的東西很有興趣。狗對舊電器吠起來。

勝哥不覺得有甚麼奇怪。這些舊電器不像一般收藏品，你不會拿著它們把玩。總之係勿失勿忘吧，勝哥也不理會印傭究竟懂不懂，有些嘢你不想忘記，又不知怎樣處置它，便暫時先放一旁罷。

阿森本以為自己不會喜歡短髮女孩，更不會對隨便與人上床的女孩認真。面對瑪姬，阿森似乎完全控制不了。他甚而懷疑自己的喜惡。甚麼是喜歡的？甚麼是一定不喜歡的？

他喜歡那種極度罕有的靜穆。凌晨時分，一個人，他從金鐘夏慤村沿海旁車路一直走到堅尼地城。他在馬路中心走著。沿路沒有一輛車，也沒有遇上一個人。阿森一直走過去，又折返回來。同一條路徑，同樣沒有車，也遇不上一個人。城市從來不會寧靜，但他居然走進了一條從未有過的無聲甬道。

好幾刻，阿森甚至聽不到自己的腳步聲。輕飄飄的，路彷彿就在腳下移動。阿森以為，甬道只為他一個人開放，他也從來沒有邀請其他人與他一起夜行。運動過後，曾經一度為他開放的甬道，自然地消失了。

甬道消失，阿森對運動的熱情也不知不覺無影無蹤了。他本來就不是很投入，或許因為一早便認定這種運動不可能持久。讓自己放一下假吧。阿森這樣對自己說。有甚麼不可以試試呢？反正是假期。

與瑪姬的性愛給他很大的歡愉。他不知道這是否就是最好的。他經驗不多，無法比較。有晚，他們連續性交了好幾次，陰莖脹得很痛，但沒有因此便停下來。他連續要了瑪姬好幾次，雖然每一次都給他帶來很大的快感，但他依然覺得他要不到想要的。

宿友早提醒他，你玩不過瑪姬的。一句說話：不要認真，瑪姬出名淫蕩，認真你就輸了。阿森不會對宿友發火，他只聳聳肩，未置可否。

他進入了她身體的私處，還是解不開她的神秘。他準備了不同鮮果味的安全套，幻想不同味道或許有不一樣的探尋道路。其實，阿森也不真正相信。既然沒有信，幻想就難以下去。

進入反更迷失了。他更不確定與她的關係。瑪姬好像很沒所謂，似乎怎麼都由他，阿森更不知所措。

手機響起，他正在瑪姬體內。他突然沒有了專注，立刻就洩了。後來他知道，沒有紛擾的專注，才是他最大的快感。

翠思跟隨媽媽的稱呼，喚他「勝哥」，而且聲調同樣有點尖刻。勝哥雖然不會對媽媽動粗，甚至不會太粗聲大氣，翠思也不會因此就軟化地叫他爸爸。勝哥事實上也從未盡過父親的責任。

他多年來與妻女分開住，不是因為有其他女人，純粹是他沒有責任心，不願意給家用。至少這是妻子的看法。因為他們沒有離婚，學校有些文件還是要勝哥的簽名，儘管他會缺席家長日。

必要時要找勝哥，翠思都是板起面孔，不苟言笑。勝哥也不懂與女兒說話，像久不往來的親戚般，只會硬塞她一些零錢買糖。直至許多年後，他們在社會運動現場遇上，翠思才跟勝哥打招呼，主動與他說話。勝哥是有點受寵若驚的，即使他過去沒有認真想過怎樣珍惜父女情。

因為參與運動，翠思差不多要與母親脫離關係。脾性剛烈的母親強烈反對她上街，翠思卻偏偏要走在最前線。衝政總、圍政總，與警察推撞對峙，翠思通通有份參與，用力不是最大，也是其中最大的。氣得媽媽又哭又罵，威脅要脫離母女關係，但翠思也不動搖。

她的不動搖，練就出來的。翠思幾個女生，坐在廣場中央的旗桿下，被警員重重包圍。被包圍的十多個小時裡，她們去不了廁所，警察又沒有拘捕行動，當然也不容許翠思她們上廁所後又再回來。

終於尿急難忍，便隨手拿個膠袋，在眾人身後，就地小便。到膠袋用完了，輪到喝光了的膠水樽做盛尿容器。但女生難以對準水樽口小便，尿液四處流散，沿著平地，穿過或繞過眾多佔領者，流到警員的軍靴履下。

與勝哥開始談起來，翠思不認為自己是潛意識地要在與母親的僵局中尋找出路。有甚麼不可以坐下來談呢？有甚麼不能和解？在這個對立的世界裡，翠思突然覺得開竅了。縱有深仇大恨，勝哥也不過是另一個血肉之軀，自己也是一個血肉之軀而已，又有甚麼不能平心靜氣地坐下來談呢？

那眾多佔領的日子，翠思坐在街頭，支持者來打氣，反對者來辱罵，不知名的黑勢力來恐嚇，無知的遊客來拍照導賞。翠思覺得自己像在觀鳥。不是那種用望遠鏡、長鏡頭，靜悄悄觀看遠方雀鳥的保育休閒活動。

小時候，老師帶班裡同學往香港公園。她們一起走入那個觀鳥園。巨大的鐵絲網鳥籠，住了數百隻雀鳥，她們也走進籠裡，自由地跑，自由地看。雀鳥有時隱伏在遠方，有時又近在咫尺，甚至突然撲向你，在你頭頂或耳側霍然掠過。翠思在看鳥，鳥也在看翠思。她們都不過是同一個空域裡的不同物種。

終於忍不住，翠思在某個黃昏，香港公園關門之前，從夏慤村爬扶手電梯上來，重臨這個初中時到訪過的觀鳥園。門外的垂簾鐵鏈鬧依舊沉重，但顏色好像變了鮮綠。翠思隨著四曲木橋往山坡下走。初冬的太陽已沒有餘溫，雀鳥似乎更早便躲到看不見的巢穴裡。遊人漸少，翠思聽見許多雀聲，只是不怎樣看見色彩艷麗的鳥了。

轉過彎，翠思看見啞色的父親遠在天際的籠邊撲跳，拍著翼，忙於找尋鐵網上的落腳點。另一角，母親和她掩影在樹蔭之中試圖安睡棲息。忽然，陣風吹過，眾多的鳥不知從何處現身，都紛紛在翠思的頭頂上迴環旋舞。

「民主飄移教室」今晚又換了一個新地點。

瑪姬花了一些時間才找到大廈入口，進入升降機，卻遇見那個面容猥瑣的中年學友。瑪姬記得上兩次的民主飄移教室課程都見過他。都沒有傾談，都坐得很遠。這次在升降機的近距離相遇，瑪姬只是禮貌地點點頭，目光便往其他方向放。瑪姬覺得猥瑣男人望著她的胸部，舉止鹹濕。

勝哥站在升降機內，正要按掣，一個美少女便闖進來。美少女向他點點頭。勝哥覺得有些面善，也微笑揮手回應。美少女穿一件薄薄的貼身淺色汗衫，隱隱看見內裡較深色的胸罩。美少女的胸部形態很美麗。勝哥想起翠思的身段也頗豐滿，也穿得頗少。以這樣的身體與那些本就粗暴的防暴警察推撞，勝哥也曾擔心過，但他不敢對翠思直言。

這晚的工作坊請來了南非的和平抗爭運動的籌劃人。膚色深黑的祖卡先生，眼白與牙齒都出奇的光亮。

透過現場翻譯，勝哥聽到祖卡先生說，他們曾試過以武力對抗白人暴政，以牙還牙，結果損失慘重。在沒有選擇下，我們唯有以非暴力手段與政權對抗。勝哥看見美少女以流利英語發言。現場翻譯不是很清楚。

誰說歷史不會忘記？勝哥聽著祖卡先生的翻譯。歷史最快忘記的就是失敗者。只有文藝，才是失敗者的天空與大地。我們以甘地先生的哲學，內心無恨，從容面對壓迫者。我們反對的是不正義的制度，眼前揮棍的，不是我們的敵人。

祖卡先生的同行友人拿出大鼓，一下一下敲起來。鼓聲有某種莊嚴。瑪姬聽著，聽著，不由自主地流了淚。

歷史是勝利者的殿堂，翻譯的聲音與祖卡先生的聲音偶然有些重疊，只有文藝才是失敗者的歸宿。

我們不是要創造歷史，鼓聲一下一下，是以最大的包容，盡擁天地與人心。

祖卡先生不再說話。鼓聲繼續。

他拿出一捆以不同顏色幼線纏在一起的繩，先縛在自己的手腕上，然後傳給其他人，讓長長的細繩，逐一連繫了場內的每一個人。

鼓聲一下一下。每一個人的左手由細繩繫著另一個人的右手。右手，連結，左手。眾人站起。有人閉上眼睛。顏色線彷彿柔絲般，連繫了人的血管、脈絡，穿過了每一個人。

瑪姬雖然感動，但對這晚工作坊的形式有點不以為然。

勝哥呢？勝哥未等結束，就趕著離開了。他不喜歡聽翻譯。

人生係一條減數。

來自廣西的壯族牧師，以帶著口音的粵語說。勝哥起初還以為他說人吃飯時候要「減餸」，不要吃得太多。到牧師說耶和華蒞臨世上，就是為了減損自己的生命，救贖眾生，勝哥才算聽得明白。

除了「民主飄移教室」的講座，勝哥有空也去聽其他的。社經政論也好，養生健體亦無妨。雖然宗教哲理，有時較沉悶難懂，勝哥想著，彷彿有人要塞錢入你褲袋，便覺得去去又何妨。雨傘那時認識了不少五湖四海的朋友，擴闊了他不少眼界與門路。

勝哥不是讀書人，但愛與人吹水、講道理。跟其他愛胡吹的同儕不同，他明白道理不能總是三幅被*，所以自己要多聽，進修惡補下。

這次他隨阿恭來聽地下教會佈道。阿恭圓大的光頭總是閃著油光，他唇上微髭，左耳珠嵌了顆雨點般大的鑽石耳環。他開貨車，主打送海鮮。傘運時，路見不平，挺身義助學生，像石像一樣擋在學生之前，正面對望著那些反對群眾的粗言謾罵。他不回口，也不退讓，雙目直視那些謾罵者，令對方不敢對視。

香港沒有地下教會，勝哥從阿恭那裡知道，但不少本地教會卻與國內的地下教會有緊密聯繫。甚麼一國兩制，對教會而言，早就只有一國了。

天國是沒有邊界的。勝哥後來聽到教會的弟兄如是說。他差不多衝口而出：共產黨不也一樣？當然，勝哥還是克制的。

佈道會尾聲，壯族牧師打了個比喻，說大水缸雖大，卻已滿溢了，反而不及一隻小空杯。減損才能有容，牧師的鹹淡粵語，從聲音偶然太凌厲的擴音器傳來，滿盈可再承不下任何嘢了。勝哥似懂非懂，卻也提醒自己，今年約翠思食聖誕自助餐，不要吃生蠔，也不要吃刺身。太多甜點也不好。

走去取泊在路邊貨 van 時，勝哥突然想到貨倉裡仍堆著的傘運剩餘，那些帆布、帳篷、木梯、木椅等眾多雜物。他沒有棄掉，因為珍惜每一段記憶，覺得都是歷史見證，終有一天可用。他其實不是不知，不棄置，不處理，也是不欲再面對。想著，手指尾突然像被甚麼幼線扯了一下，無意抬頭，看見雲裡埋藏了十五的月。

＊

編者註：粵語諺語「講來講去三幅被」，意即講來講去都是那些東西。

瑪姬對著目不轉睛的年輕記者，只是微笑。她不曉得怎樣回答時，便自覺地做一個可愛表情。這個策略通常有效。男記者一般不會對她太尖刻。網民喚她為「傘兵女神」，甘願做她的「傘下之臣」，讓瑪姬愈相信自己有一種吸引人想接近的力量。但面前，是個給她很 Les 印象的特約女記者。

看見女記者的指甲剪得很短，短頭髮兩邊也近乎剷青，男生的裝束，瑪姬忍不住手指互相觸碰幾下自己的長指甲，又搔了一下面龐側的頭髮。突然又自覺，這位 TB 會不會以為自己故意搔首弄姿。一天前，瑪姬才讀到這個筆名叫墨旋的特約女記者，在網上轉貼的文章。是一篇特寫「民主女皇」Y 議員的長稿。

文章一開始，墨旋便自我申報，她本來羨慕又喜歡漂亮的女子，但歲月磨練，她漸漸認識到，漂亮對女人未必好。因為漂亮女孩都是以自己為中心，不懂由他人角度思考的，而且從小未受過多少挫折，抗壓力低；甚麼事都得來容易，因此不怎樣學會動腦筋。長大後如果依然漂亮，多數被委派做門面、招牌的工作，很難可以進入決策階層云云。瑪姬邊讀邊罵，覺得這全是先入為主的偏見，怎可當作人物專訪的開場白。她心中立刻鎖定，這個墨旋必然是個心胸狹窄又善妒的女人。

礙於這是主流大報的專訪，瑪姬不想推卻，唯有自己做好心理準備。只是沒想到，墨旋的形象那樣 Les。瑪姬也接觸過好幾個女同志，記憶中她們對美麗女性都有一份欣賞，不會怎樣嫉妒。瑪姬甚至曾與拉拉約會，不斷讚美她的頸項與手有令人心亂的魅力。瑪姬懷疑，墨旋不是真 Les，不知受了甚麼打擊，才轉投了陣營。這樣的偽 Les 最難纏。

妳是不是漢奸？為甚麼要寫公開信給美國總統希拉里，要她干預我們的事？墨旋毫不客氣地直問，儘管語調不是太咄咄逼人。

其實，我可以寫信給大英帝國的首相特雷莎梅、大韓民國總統朴槿惠，或者中華民國總統蔡英文的。瑪姬按捺著，慢慢地答。我沒有這樣做。為甚麼？

墨旋當然知道不是問她，沉默地讓瑪姬繼續。

看見墨旋沒有上當，瑪姬只好在停頓後接續。我只寫信給美國總統希拉里，就是不要我們的近鄰、與我們有密切關係的國家，插手我們的政治。我們需要一個距離得遠而又夠客觀的看法。

妳應該沒有留意我公開信上的日期了？瑪姬決心要在訪問中做主導。她不待墨旋回答。四月十八日，妳知道四月十八日是甚麼日子？瑪姬開始咄咄逼人了。對美國而言，在1775年的那天是個重要日子。瑪姬要發揮她往日當導修導師時，教訓學生的本領。那天在波士頓，一個年輕人連夜騎馬跑到康科特，這個革命之城，為了通知美國的自由民主戰士，準備應付正在波士頓登岸的英國大軍。就在這一天，就在康科特，打響了革命的第一槍。希拉里會很明白那天的歷史意義。妳知道嗎？瑪姬自覺腔調太似大學時代的話劇演出了。

她稍稍收斂。四月十八日，對第三世界、對亞洲人也很重要。1955年那天，萬隆會議正式開幕。中華人民共和國也是參與者，與其他剛成立的國家共同肯定了反霸權、反殖民，尊重獨立自決的精神。

瑪姬知道訪問是由墨旋寫的，她要怎樣描繪她的印象記，她都是無能為力的。那些歷史資源，會不會被墨旋嘲諷為從 Wikipedia 內抄歷史的低劣水平？她策劃的「美少女補習義工隊」登門入室宣揚民運，又會不會遭嘲笑，是販賣色相的幼稚技倆？她與那些男生的糾纏關係，會不會被翻舊賬？這個城市太滿足了，她不過想為它瀉洩一下。怎麼總有人想她焦頭爛額？

都管不了的。瑪姬這樣想，沒有宣傳才是壞宣傳。人家要點評妳，未許不也是一種助力，對她的選舉工程。

她推開窗，望著從雲裡露出來的明亮月光。

又再夢見那條沒車沒人的無聲大道。阿森從他的夢魘裡醒來。也不能完全說是惡夢。有時候，甬道在夢裡令他感到無比的安靜，當然也有讓他湧起孤寂甚至驚恐的激烈情緒，心砰砰跳的匆忙醒來。

他不是學生領袖，只上過一、兩次大台演說，被媒體訪問過幾趟，在傘運之後竟然也害怕出門，怕被別人認出。阿森歸咎自己的這個狀態，是因為與瑪姬分開了。即使，在一起的時候，他也不是很投入。

期待的大論述固然沒有出現，一切都是零零碎碎的。阿森自我理論化，質疑就是這些碎片，令他動彈不得。卻不知甚麼原因，他讓自己某天在九龍灣的建造業議會出現，差不多阿貓阿狗都可以通過面試的情形下，第二天他就開始上建築工人培訓班。四個月的課程，毋須繳交學費，每月有四千多元的津貼，畢業包保有工作分配。阿森不知道這個行業這樣渴求人，他有點喜歡被需要的感覺。

雖然有建造模板、砌磚鋪瓦、油漆粉飾、金屬工藝、水喉潔具、砌磚批盪、建築棚架等科目可選擇，但模板現在最缺人，阿森被勸說去學建造模板。無所謂，反正他甚麼都不曉。

重新學習為阿森帶來了專注。沒有紛擾的專注，是他最大的快樂。

建造模板就是學釘板。釘製用作倒入石屎造牆的木板模型。一個月後，阿森才正式學打釘。他打了一天釘，回家後手抬不起來。整整一個星期，刷牙、清潔身體、吃飯，都只有一隻手可用。面巾濕淋淋了一個星期，因為一隻手沒法子扭乾。

畢業了，拿了半熟練工人牌照，立刻就到建築地盤上工。不過，阿森還是先休息了三天才上班。畢竟工作很辛苦，即使是日薪計。家裡沒有人要等他開飯。

世界艱難，他終於可以減去感情地體會。這行要跟師傅。師傅脾氣已很不錯了。名義上每天可賺千多至二千元，但他是個新手，判頭只給他八百。無所謂，他真的很多都不懂。開始比較懂的，就是學習不那麼容易受傷。除了日曬雨淋、高溫或過冷，易使人病倒，地盤四處釘子鋼筋，已把他身體刮損了無數次。釘板是第一工序，然後才紮鐵放鋼筋，最後落石屎。阿森工作大部分時間沒繫安全帶。釘板工總是在工程最上層，頭頂通常無遮無擋亦無物可繫安全帶。

收工，感覺自己是行屍走肉。實在太疲累了。一身臭，衣服破損，無所謂。隨時可以在車上、沙發睡著。阿森適應著這些日子，覺得身體有某種東西在不斷流走。心情卻是平和的。不知不覺，日子也一樣的過。

正如他釘的模板，放了鋼筋、落了石屎後，便會拆卸，最終不會留在建築物內，阿森愈覺得，他做的不留痕跡，卻不是徒勞的。每天至少有八百。

在夢裡，無車無人的馬路盡頭，是一個又圓又大又澄黃的月亮。

阿森不期然想像，獄中有一道窄窗，可以看見外邊的野草坪。

他終於離開了建築界。「終於」好像有不捨的意思，他不是一開始便想著離開嗎？阿森感覺是怪怪的，任由自己的身軀走往九龍灣，學了四個月的釘板課程，然後到建築地盤上班，開始體會全體力不用思想的勞動經歷，即使遍體鱗傷，即使行屍走肉，即使覺著體內有某種東西在不斷流失，心情卻是出奇的平靜。睡得吃得，大小便暢通無阻，覺知似乎不再重要。在地鐵車廂遇見全套西裝的舊同學，已全不在乎。掩映差不多兩年，阿森才意識是時候離開了。離開其實也是被動的，算是貫徹了他完全放棄自主自決的初衷吧。

如果不是資方拖欠薪金，地盤醞釀工潮，阿森目睹工友們的焦慮，他幾乎沒有想過，終有手停口停的艱難日子。阿森沒有家庭負擔，這段時間也近乎不見往日的朋友，無甚開支洗費。但師傅可不同了，儘管他的日薪要比阿森的高近倍，平日脾氣好的他，也有點「忟忟憎憎」了。畢竟家裡人要等開飯，有兒有女，有負荷。阿森要離開，不是擔心沒糧出，也不太介意師傅的脾氣轉差，而是害怕自己又變成「有」。好辛苦，歷經了肉體磨練的年月，才有點空空洞洞的自由與自在，他真的不想這麼快要再面對「有」的折磨。一起日曬雨淋近兩年的工友，阿森也因可能的工潮明白，自己怎變，也不屬他們的一群。

不去地盤，也不急於找新工作，阿森每天就跑步、爬山、投入大自然，讀舊時行友寫的山水遊記，譬如黃佩佳的《香港新界風土名勝大觀》，找尋不曾見聞的地理風土。直至某天，他聽到舊日戰友入獄的消息。

本以為洗滌得七七八八的心靈，卻似乎又混濁、散亂，甚至微微的疼痛起來。他沒有向他們寫信、寄書，因為他不想要四周打聽他們所處的監獄地址、囚犯編號。阿森覺得還未準備好，面對過去不久的聲音、面容，甚或只是很間接的文字留言。準備，近兩年的準備，不為別的，只是為了準備，好像純然為準備而準備，不曉得下一步，也彷彿不再想有下一步，就停歇，或滯留，在純然準備的狀態中。

他開始讀獄中之書。不太相信大眾媒體有關監獄的描述，也不想閱讀往日戰友透過臉書轉發的監牢札記，不知為何阿森覺得那些文字，可能有太多他不想面對的情緒。寧願選擇讀外地囚犯寫的，甚至不是這個世紀所留下的文字。原來在囚人寫書，也不一定寫獄中經驗。他讀著猶太軍官阿爾弗•德雷富斯在法國被控叛國罪的冤獄描述。阿森搞不清歐洲反猶太的根深蒂固歷史，對小說家左拉為德雷富斯翻案，以及自由運動人士在國會的鬥爭也不是太感興趣。他只鍾情閱讀德雷富斯在魔鬼島上，那一千多日被獨自囚禁的描述。

那是個專為流放罪犯的孤懸小島。荒涼，嶙峋，但在禁閉的囚室內，依然聽到浪聲。窄窗面對的方向看不見樹，也看不見山，只有陋石罅隙間幾株隨風搖曳的野草。他被安置在為他而建的白石小屋中，與其他人隔離。他是特別的囚犯。他必須孤軍作戰。他根本不知道外邊可有人在。

阿森想像這個島上沒有甚麼書可讀，唯有寫著寫著不知能否寄出的長信。

他要教育自己，在這個幽暗的世界裡，一樣可以自在。本來沒有孤立，本來就沒有無助。本來就沒有「有」，那就不怕失去。牆上的裂痕是別緻的圖案。不要因目前的困境，便要順從他人的意志。被褥破舊依然溫暖。哺乳生物的出生，不都是經過長時間的、絕多是孤獨的幽禁嗎？就當作在別人軀殼內寄生，不能自主地被孕育，有形的、輸送營養的臍帶，拉扯住運動的自由。有血緣抑或當做沒血緣的寄居以至共生關係。阿森不知道下一步是甚麼，但唯有在這暗黑中準備。身體的，思想的，或情緒的，準備看見，以及被看見。

即使沒有窗，枯萎又再生的草，都可以在石屎縫中穿越過來，像無形的幼線穿過空間與時間，編織了不清晰但實在的絡圖。

夜行紀錄

循勇指往的方向，素然依稀看見荒村在紊亂橫生的樹叢野草中隱現。輪廓迷朦的幾幢破屋，光暈掩映下，彷彿隨空氣與時間微微搖晃。黃昏的氤氳裡，茂密的林蔭埋藏著連綿的暗影魅域。素然在殘留的矮牆角落瞥見一個穿長衫的身影掠過。梓南開了機，隨意紀錄早已不在的社區。回到工作室看毛片，素然才省起問有沒有見過長衫人？梓南瞠目不明所以。

尾指這段時間特別感覺麻木僵硬，指關節好像上鎖了，難以轉動屈曲。

素然覺得應該與壓力有關。她心裡不以為這是甚麼大問題。即使自己的健康早已不是最佳狀態，尾指不適，無論如何也未至於造成大病。她不單要到拍攝現場跟戲，還有無盡的聯絡工作要做，要耗上幾刻鐘為尾指見醫生，實在太不划算。年前她與愛倫打羽毛球，愛倫不小心食指遭球拍打個正著，呼呼叫痛下以為關節脫了，去急症室等了三個鐘，竟然還留院觀察一夜，要待得明日十時後醫生巡房，看過 X 光等報告後才可以離開。愛倫性急，頻頻說自己真笨，回家捽捽跌打藥酒，不就沒事了，哪要浪費這些時間？還要請假留院？愛倫瘦，不吃東西也是為了瘦。因為她瘦，素然才逼她到急症室檢查，現在倒有點怪自己好心做了壞事。這麼多年的朋友，愛倫當然不會說出口。人的相處也不過是妥協與默契。

素然不怎樣相信命運這種東西，也知道人總不能都在順境之中。行了衰運，接下來就可能是順風順水的路了。作為監製，她這樣安慰其他工作伙伴。她當導演時，卻總是很頹很灰，好像只能看見自己想看見的，沒了觸覺敏銳，傾向悲觀矯情，近乎失魂。素然入電影學院，只是為了做創作、編劇。學導演，是必修課程一部分，她得過且過。被迫得緊時，甚至想過轉去創意寫作系。英文詩，她有若干習作，曾經躍躍欲試。沒想到，畢業後回來，居然有人聘請拍MV、拍廣告。她告訴愛倫，好境時勢，阿貓阿狗都有公司聘請拍片。時勢逆轉呢？愛倫問題尖銳。素然泰然回應，我就做監製。

她和愛倫相交多少年了？住同一個公共屋村，念同一間小學及中學。最後亦不約而同考不入香港的大學。那年代，入不了港大、中大，就只有讀理工、浸會。愛倫決定念理工的Comp Sec。素然一直心儀電影，卻沒去浸會。父親執迷外國大學，即使家境並不富裕，認為大兒子已送出國了，二女兒也該往外地留學。父親不是新派人，送素然到外國，不等於性別平等，只是姓龐的，男好女好，一定要比其他人活得體面，教養優良。畢竟父親以前在大陸也讀過一年工專，明白教育重要。素然從小的教誨，女孩子不要招搖與出頭，一大堆的不許這樣、不該那樣，還要默默收藏自己。唯有遠離家庭，她才感覺自由。素然不相信父親不愛她，成長路上卻難免惶惑，不把她的存在真正當作存在，為甚麼又要把她生下來、養育為人？這些問題，一個人在外國才會想。她與愛倫一起成長，相近的家庭背景，接受近似的教育與關愛。如果不是離開過，素然偶然問自己，我是不是如愛倫，真心信任既有的一切？

那次她認真的對愛倫說，我才不 reproduce。我只 produce。愛倫的戀愛史平淡中帶點痛，曾遇過一個舉止端莊的男生，挨近她，和她密切交往，目的可能只為了要掩飾不能出櫃的身分。這都是愛倫敏感的疑竇。未到那一步，愛倫已不讓他再接近。她對男人實在也厭倦了。還是會想像自己有生育的一天，跟素然談起冷凍卵子的可能。

監製不能說不是創作。導演只是用自以為是的視野，建構覺得就是如此這般的影像敘事世界。監製不然。她每次都像在重寫別人的小說，但一定轉為全知觀點，讓她跟每一個角色，以至推動進程的戲劇情節，都保持著社交情感距離，但又不可以太疏遠，否則無法理解感受他們的生成與變化。既同情，又要批判，猶如繼承了經典寫實主義的傳統。有些時候要激勵雞冠垂了下來的導演，有些時候又要言辭懇切的勸慰已變得很不耐煩的受訪人或演員，以至場面調度的細碎安排。素然不只要考慮藝術創造，亦要兼顧受眾的反應與興味，要面對發行、宣傳、放映的問題。作品造大了，愈要思考投資者的視角。在緊迫忙亂又渾沌的過程之中，大家各自在自己的崗位上落魄失魂，素然卻是擔當個具法力的召魂師，要離散迷亂的三魂七魄最終歸位。

不過，她自知本身的法術不完美，道行未夠，每一次製作完成，片也剪好了，魂魄其實仍在漂移浪蕩，多是花果飄零的境況。這是素然個人的玄思妙想，只放在心裡，不說出口的解嘲。她當然有俗世的版本。對愛倫，對創作團隊，素然說她只是二房東，管理協調各個獨立劏房户，追求成為完完整整一家人的可能，大家共存共榮，不能讓大業主以重建藉口一掃帚趕走，把家園毀於一旦。肺炎大流行，她又有新比喻：她是漂流郵輪的領航員，船長與眾船員因屢次無法令船隻靠岸，落得不知所措，她的任務是要一條船的人，繼續齊心，相信彼岸究竟還在前方。兩種說法都很有危機感喎！拍片真是這樣慘情的？愛倫不知在提問還是下判語。然後還說，你不是不信急速成不了事嗎？一條船上，有人要快，有人不怕慢，你怎樣處置？

她的工作室坐落在頗陳舊的工廠大廈裡，每次夜深一個人離開，素然選擇不搭那些轟隆轟隆地響的運貨升降機。夜靜時分，運貨升降機的機械操作聲音太過聒噪與嚇人，何況還要使勁拉開上下合攏的厚重閘門。素然哪有這樣的力氣？而且尾指偶然在痛，碰上金屬，感覺不是很好。她走後樓梯。工業大廈的後樓梯其實比一般樓宇的寬闊好走。但大廈本身殘舊，走火樓梯的保養與清潔不是很理想，特別在晚間，氣氛暗影就有點迷魅陰森。素然不是小女孩，一個人照顧自己許多年了，這樣的環境怎會害怕，況且是團隊的地頭。一步一步的下樓，在昏沉的燈光下，只聽見一個人腳步的回音，那種節奏讓她似要緩緩走入休眠的狀態，是完結了一天的儀式。這道後樓梯曾是她監製的恐怖片裡，其中一個拍攝場景。港產片市道低迷，財困的男星自編自導兼自演小成本的《盂蘭怨咒》，要找一個可靠卻不昂貴的監製，就找上了素然。她對恐怖片毫無興趣，只是為了工作，但看見男星終日在片場神不守舍，用手機迷惘地不停發放及接收訊息，又不時燒香拜神，彷彿中了邪咒，她才不得不提醒他，不要過分入戲。

素然不像哥哥，小時候父母不許外出玩耍，哥哥會想像出很多遊戲來，兩兄妹要扮演不同角色，依照哥哥構造的劇情來玩。素然不明就裡，多數不怎樣投入，令哥哥不高興，甚至喝罵她。哥哥有時索性自己一個玩耍起來，演繹眾多角色，舞刀弄劍，披著毛巾作斗篷，在狹小的屋內跑跑跳跳。素然坐在廁所露台的痰盂上，看著哥哥在碌架床上下飛舞，時而興奮，時而又好像面容憂傷，她實在沒法理解。許多年後，短暫地當上了導演，素然才明白，困頓在自己構想出來的宇宙內，並不讓她快樂。意義和秩序一己是建立起來了，卻是孤獨呆板的執念，與外邊的變異流動沒有聯結的。她決心不要做這樣的作品。怪力亂神，不去臆測想像，不困頓在自己的幻夢世界中，素然覺得就不會懼怕。她決心只為眼見目睹的害怕，或不害怕。每晚回家，一亮燈，便看見那群小蟑螂四方竄散。心慌亂的，豈只是這些小動物。有時素然甚至感到，自己好像撞破了牠們的好事，搗毀了熱烈進行中的派對，成了可厭的入侵者。她完全沒有野心，要消滅這些已存活千萬年的昆蟲，僅僅希望牠們不來探訪。然而，眼不見，不是不存在。

手機微微地持續在袋中震動。剛才一場驟然的大雨，令兩人變得狼狽。梓南本來只忙著碌手機，只有素然無目的於白日的午後在村口蹓躂。蔚藍天空上盈盈的白雲朵，日照燦爛但不凌厲。她抬頭目睹大片灰雲瞬間橫過頭頂，如來黑掌抹額，大顆的雨點便急促的啪啦啪啦沙沙地打下來。沒有人帶上雨具，都匆忙尋地方躲避。兩人在簷下定過神來，看見對方濕了的頭髮，還在滴水。素然才發現，手機在袋中響動。

性格令她不做強勢監製。不想做，也沒能力做。素然不是每天都在講視野的管理人。看不見、看不清的，不能強說看到。曾經合作的獨立影片導演都較她年輕，然而素然不扮前輩，也不當家姐或母性的角色。有任何問題，盡力坦白平等地溝通。即使不是沒有波折困難，每次製作最後都算能迎刃而解。跟梓南不是第一次合作了。上次素然只是耐心的提醒梓南，紀錄片不是前線。我們在熱火朝天的前線上拍攝，但真正的意義不在那裡。梓南嘗試明白，與素然協調。因為年輕，有時較衝動。事後一段時間，梓南說拍這個題材，有點為了與頑固的父親對著幹。他有想過，街上的衝突其實是家裡的延伸。他也自嘲過去多拍劇情片，熱情主導，為人物想好了對白才開機。紀錄片開了機，很多時也在空等，人物與故事許久都未現身。

跟勇的故事，倒訓練出梓南的耐性。開機他就結結巴巴的說不出話。或許是燈光，或許是鏡頭，讓他不舒服。勇說。梓南以隱閉鏡頭，大量採用自然光，和勇談。或只拍勇的動與靜。不過，日間不容易找到勇。素然以為要花唇舌說服梓南不要放棄這個受訪者。梓南反而不斷說，勇古怪，卻有趣。

《壞時代真心記》引起頗多關注，最後還拿了紀錄片大獎，梓南卻不是很快樂。素然與他跑了幾個國際電影節，也應邀到外國多個民間機構和大學巡迴兼座談。素然感覺梓南沒有因此沾沾自喜。旅途上，梓南坦白向素然說，自己每次坐在黑暗放映室與觀眾一起重複看這齣紀錄片時，愈發心情忐忑，內心難以平靜下來。有觀眾說理解了真相，有觀眾表示看見了希望。梓南卻覺得自己當時沒有意識地傳播著焦慮與恐懼，擴散著憤怒仇恨的情緒，在萬縷心結中艱苦掙扎，走不出來。他知道激情的陷阱，卻又不願若無其事地活著。

素然最初以為梓南可能是鑽牛角尖了，把紀實太感性地劇情化了，兩端不顧比例的任意放大，可能是成名後遺症的一種壓力反應。但多次聽了梓南訴說的苦惱，自己也反覆在影展巡迴中看片，素然開始發現道理該愈講愈明，怎麼敘述像愈說愈糾結複雜。她嘗試較客觀地解釋，也許拍攝的對象其實遠比他們能理解的宏大龐雜。那段緊密時間的追蹤描繪以至之後的重組剪輯，只表現出製作者的情感和理性線索。在不斷翻看作品後，才曉得素材大大溢出他們勾畫的意義範圍之外。

猶如某種補償，素然推動梓南尋找另外的可能，去再講這個沒有講清的故事。或許不是刻意的找意義，只是回到生活，回到日常，回到根本。不知怎樣，創作團隊遇上勇。他似乎自自然然地出現了，但一些關鍵時候要找他，又不是那麼容易聯絡上。梓南和素然一直在山腳的專線小巴總站等候他。這天各人的心情似乎都很美好，沒有因為勇久久仍未現身影響了情緒。郊外蔥鬱的草木環境，恍惚的似近若遠的聲音，把他們轉換到習慣了的意識之外。素然與愛倫有定期行山，沒有刻意要挑戰體能，通常走易走的行山徑。郊遊季節，遊人較密集，愛倫又喜歡閒談，素然不怎樣細聽在廣域裡的各種來歷不明的聲音，即使聲音進入了耳蝸，也不以為意。梓南起初都專注在手機上。

世間紛亂，隨手指操控滾動的色彩視窗，隱約有某種秩序，前置是要人讀得失神。

他們在西北的朗地拍過勇種植水稻的情況。一頭蓋額掩耳的銀髮，勇長水靴上瘦削的身形在晃動的水稻間消失，又徐徐回來，回到鏡頭前。梓南沒有如過往拍攝社運般，用很多搖鏡。對勇，鏡頭多是靜止的。彷彿一種懸念，勇的節奏動作中屢屢浮現停頓。初秋的早上，眾人都添了外套。勇穿了兩件長袖薄衣，上排的鈕扣沒有結上，深色皮膚包裹著突顯的胸骨。他背負體積頗大的電動噴器，在植物的根及其他部位噴灑有色液體。勇是農夫第二代，現在要重新學習有機耕種。梓南特寫拍勇修長手指上的一顆小昆蟲。素然留意到他僵直的尾指，但不在鏡頭內。勇歎息這時代氣候異常，蟲患嚴重，農夫生活困難。梓南畫外音問，那為甚麼還賠錢地繼續種植呢？勇一刻間答不上話。

從英國小鎮回流，勇仍只習慣鄉郊式的生活。年少時隨家人移民，舉家轉做餐館生意。吞吞吐吐的對話中，創作團隊知悉勇並不喜歡異邦的人生，始終念念不忘兒時長大的村落。唯一他說得肯定，離開如行屍走肉，回來為了拯救靈魂。他們無從在勇的描述中洞知鄉村的全貌以及其他生活細節。印象和臆測之間，村應建在山裡。好幾家人本已熟稔，為了避秦，由某地一直逃往南端，及至大海之濱。有家庭昂然渡海，奔向更遠的岸；有家庭疲倦了，如勇的父母兄姐，選擇在山與溪之間結廬而居。既不是原鄉人，避居山中只為免卻爭地的衝突。勇和家人自小艱苦，精力都耗在山坡開墾出的數幅梯田上。憶記中也養家禽牲畜，家人甚至到城中打散工，似乎都無法安安穩穩過活。那是兒時，不知真相，也可能生計勉強湊合，但喘息過後，還是覺得山裡暫居未能釋懷安心；也有可能為圖改善生活，尋覓更好的物質與價值。因由認不清了，少年的勇便同家人再遠遷外地。勇說，家人其實未想過放棄山村。偶然回來暫居，依然願花心力金錢修葺舊居與荒田，直至多年後整條村的住户全已離去，剩下日漸腐朽失救的舊屋和泥地，在山氣與暮靄中沉沒。

淡淡的霞光靄氣慢慢從四周圍攏過來。素然只怪自己恆常睡得晚，氣血低，腦筋有若短路，視野也模糊起來。風起時，勇一貫的木訥，也會忘形地描述，山會瀰漫著濃膩醉人的迷香。雲霧吹散，那陣味道仍久久嫋繞，在身上，皮膚與髮梢徘徊。那時候，勇會痴纏的抱擁著母親或姐姐，良久不願放開，就為了聞她們身上的淡然香氣。霞輝從林蔭的隙縫間射進眼簾，更分辨不清周遭樹影幢幢包圍的環境。她把意識稍稍放在嗅覺上。只是含糊輕拂的草葉味，山徑的初段仍繾綣著濕氣，氣息普遍下沉。梓南時而開著攝錄機，時而關上，機械的眼如一合一張的眼皮，依然比眾人看見他們看不見的模糊渾沌。

愈入山中，路愈拔斜，體力需求漸大，他們開始少話了。是素然她們愉快地吃著從村口買回來的茶粿時，勇才在視界上現身的。他微笑著，眼睛輕掛著歉意，說有事情阻礙，耽誤了時光，大家要立刻動身上山了。等待勇的白日裡，梓南與素然走了一遍山腳下安靜的村子。不是假日，村裡只有老年人在閒躺，屋子的大門都半掩或敞開。室內沒有亮燈，隱若看到一般生活的家具器皿。狗懶洋洋的對他們這些遊人毫不理睬。梓南心血來潮，忽然說他要沒有對白、沒有旁述的紀錄，讓影像自行說話，要像盧米埃的默片味道，故事敘述只是潛在的，任被拍攝的對象和人物發揮本身感動的力量。素然只抿著嘴笑。

他們放緩了步伐，豎起耳朵，接收走在前面的勇，疏落、間斷的話音。當地人的村後面，都有風水林。勇少時下山，記得多是從那裡穿過。他們近黃昏出發，避過了日光的猛烈，悶熱如潮水退去。漸離開了村走近勇說的風水林，已感到一絲絲陰森涼氣。素然事後記不起，她們是怎樣走進風水林的。殘留的影像是一排高大矗立的樟樹群，齊整地包裹了枕木步道。她們一個跟一個，走入勇形容的古道。有別於想像，她總覺得有雙眼睛在看著自己，閱覽著所有，一舉一動，都被這種視角觀照著。也許是自然。他們攝錄周邊情景，眾物也在無聲回看，都成為了風景。風水林前的黃昏，遠山一片沉寂，眼睛只看見風景的剪影，四周變為黏黏軟軟的澄黃浮動。暈紅濃濃也不得不在遠方慢慢消溶。暮色漸變蒼茫，朦朧幻化又滲著若隱若現的微明。夕陽的燦然金光已漸盡，素然的心也累了。

是叢林中的殘餘憶記？走過一片金黃暮煙包裹的綠色與泥黑，猶如經歷了草莽茂林在不同的、斷裂又壓縮的時空中，向彼此生長、膨脹、增生、擴散、吞噬、內旋、轉翻、塌縮的變異延緩狀貌。在一片昏黃中，連綿延展的樹影暗魅令彼此無法清楚看見，素然莫名地感覺悲傷寂寞。父親的死亡，並非毫無預兆。多次進出醫院，最後讓他回家療養，本意就是不用家人奔波，靜心陪伴臨終病人。只是素然的母親年紀也大了，父親自知康復無望，如一隻徹底鬥敗的惡獸，脾氣完全失控，母親更無力照顧，還是要把父親送返病院。那段時間，素然剛開始監製工作，經常要往外地跑，一去便一兩個星期，回來已不怎樣跟得上父親的病情發展。之後她盡可能隔兩、三天探望父親，在外時與家人密切聯絡，跟進父親的情況。她還以為自己已作了充足心理準備，但仍是哭得崩塌，整個人彷彿坍垮掉了。因為趕不及見父親最後一面，她深感歉疚。事實上，她曾經反叛，不聽從父親苛刻無理的訓誨，即使每一次都不是公然的。父親離去，她才發現自己的人格價值，全都承受自父親。自我貶抑甚至抹殺，常覺得其他人比自己重要。她掙扎過，不斷找尋自身的價值，有時候似把握著了，然後又禁不住在內心否定了它。看著它消失，才覺得是自己。她沒有恨父親，反而感到對他虧欠，沒有企及他的期望。不能企及，因為她一生，也不可能變成父親的兒子。

他們吃力地連攀帶爬走了一段上坡路後，穿過了茂密和浮華蔭影，來到較寬闊空曠的土丘，看見了渾然的山勢。幾棵細葉矮樹在土坡上醒目的佇立，隱然帶著柔和芬芳的味道，似是對剛才的辛勞溫婉的撫慰。葉子輕輕震動，勇推了幾下比他略高的樹，說這裡曾經有棵闊大的細葉榕，風雨倒下來後，相隔這些年月，才生長出一株株年輕的樹。憩息了一陣，梓南啟動了航拍機，在眾人頂上嗡嗡嗡嗡煩悶地響著。勇引領著各人踏過已被野草掠奪了的蜿蜒泥路，他們察覺到有些石頭曾作路墊的痕跡。村路早已不復存在，僅剩這裡殘留的沙石和塵埃。

荒村逼近，山也變得不再遙遠，不知源頭的聲音，從山的深處穿過浪盪的風，散落在沉靜的天空裡。太陽已經差不多完全退到山後。梓南以搖鏡環迴四周，像要捕捉風的形態。航拍機傳到手機上的即時影像，夕照餘艷仍籠罩著荒野樹叢，整個村落在一片虛幻的暈紅光中飄蕩著，他們的身影迷迷惘惘。棄置的山村並不像她們構想的廢墟。幾幢磚屋只留下數堵破牆的輪廓，蔓草與泥石佔據在頹垣之中。但轉角處，還有三兩間房屋外貌看似完整。勇說有其他村民曾回來試圖保存舊物，也有城裡人閒暇走入山中，自發耕種，推動他們想像的農村復興計劃。他們父母一代不是原居民，對新人的進來，沒有太大的抗拒。勇示意再往山裡走，去看曾經養活他們的梯田。大家繼續往裡走，旋即聽見流水的聲音。

拐個彎，眼前便是反射著星光的淙淙活水。山風橫邊吹來，帶著水濕的氣味，他們都感到陣陣涼意。沿著從山谷流下來的溪水再向前走，便看見斜坡上夷平了的數幅狹長田地。他翻過土，希望土壤可以重生養殖起來。勇在暗黑中重重踏在泥土上，轉了好幾個圈，然後坐在地上。素然足下感覺到泥土的濕潤。未拔出苗的土地上彷佛已散發著持續的葉香。勇說父母以前種茶，但他已經無從憑以往的記憶複製他們種植的方法。現在他只打算零星地種一些菜及果，隨著季節的轉換做出適時的應變。他不知山村能否復活起來。他回來，只因為不捨，心裡其實沒有藍圖。勇柔和地撫摸著土地上撐起的竹枝。

山裡總是多霧的，涼氣逐步圍攏過來。素然和梓南沒有計劃在荒村裡度宿，勇指示她們走下山谷，便可到達沿海的公路出市區了。梓南自恃曾挑戰毅行者的耐力比賽，晚上爬山對他不會有難度。他提醒素然「黑泥白石光水窪」，小心留意環境便不會有差錯。況且他們有備用的攝錄照明。

溪谷的地勢慢慢往下沉，星光下，周邊並不算漆黑。但樹林茂密，也擋去了不少光影。她們一路往下走，都聽到水聲。水不緩不急的從石間流過，在高處陡峭的地方造成了一些小瀑布。更多時在安靜的水窪中迴淌。下游那方是沉默的山徑，一直延伸到渺然的暗夜。除了水聲，依稀有斷續的蛙喊與蟲鳴。素然把日間用紅繩綁在後面的頭髮放了下來。她們一起往下走。幽魂的魅惑，彷彿無限陷落。沒有說話，只集中精神走路。回頭看過一兩次，荒村早已消失無蹤，也沒有任何燈火人跡。眼睛已適應了黑夜，山在暗黑中還是可以看見的。但素然走得不算很穩健。梓南沒有問，不由分說，抓住她的手好幾次。

山風在夜裡偶爾吹得強勁，她有點瑟縮的走著。素然感覺某種物質穿過黑暗的帷幕和塵埃來到她的身體裡。僵硬的尾指開始抽動。梓南走在前面，沒有注意。他剪得很短的頭髮露出了後枕，讓素然看見腦勺與頸項上微微泛光的汗滴。素然的心怦然的跳動起來。她看見自己和梓南赤身的互相攬抱著。梓南吻她，撫摸她。她聽到暗夜中潺潺的溪流。水聲柔和，也帶著猶豫。

好感沒有讓素然稍減對年輕男子的不信任。山谷對面應該是連綿的山峰，這一刻沒有人看見。有形的事物能夠存在到甚麼時候，沒有人知道。素然不情願將自己的信或不信，投放在不知道存在到甚麼時候的事物身上。她曾經相信父親，相信權威，因為父親的權威，不管自己喜歡不喜歡，好像總在那裡，給了她一種安全感，即使在連自身也看不到的徹底漆黑裡。

盲目不是完全看不見，卻以為自己能夠看見。在暗淡沒方向的空間裡，她連時間的意識也漸漸失去了。沒想過愛倫是她的對手，喜歡上同一個男生。甚麼也沒有發生，她們都熟知對方，依傍彼此。心底卻一直以為自己比愛倫優勝，學業、樣貌，以至政治覺醒。她其實勢利，崇拜權力與地位，面對比她強大的力量時，又軟弱的覺得自身的無足道。

她覺著身體內有某些曾經蓬勃茁長的東西，正在慢慢地消散。她自知流著父親客家人的血，那些流徙的靈驅逼她向外跑，曾給予她勇氣。雙腳儘管在暗黑中不停挪動，她的心卻已經很厭倦了。父親走不動時，還可以把她和哥哥往更遠的那裡送，讓他不安分的靈借助她們繼續追尋美麗的新世界。如今她不願走了，就只能困在這裡苟活。來到這樣的黑暗，她知道，就不能再回頭了。所有聲音被吸進冷意的暗黑空間裡。她的聽力好像已不在了，只有耳窩內微弱單調的頻率。除了沉默，沒有別的。她試圖呼叫，不為求援，只想聽見聲音。凝聚的空氣發不出任何聲響。或許她的聲音已被吸進無邊的虛空黑暗裡。

然後有甚麼東西在她臉上撲動。草的碎屑，抑或是有翅膀的飛蟲。她感覺著，再讓感覺徐徐消失。她好像聽到了捉摸不住、由深處來的聲頻。突然有一個念頭，如果沒有了如許的動盪和不安，歌舞昇平，她不過在做讓人麻木消費或無關痛癢的製作，一切作為更變得可有可無。眼睛看見的四周圍，是朦朧的受暗黑吞滅了的景象，也好像甚麼都沒有。她相信看不見，不是沒有真實的存在。她們湊得更近了，觸感著彼此身體散發的暖意。漸行漸近，微光中，她們看見對方掩映的臉龐。不再去想以後會發生甚麼了，只是默默前行。

他們經過了築起鐵絲網的土地，穿越了行車天橋下的通道，見到地平線上浮泛的幻影與燈光，猶如某種冷硬的覺醒。遠處閃耀著一片絢麗浮華的虹光耀彩。素然不知，原來鬧市離這裡這麼近。不，梓南說，那是邊界，不是我們要去的地方。

附錄

我的老師是一名海盜——羅貴祥書寫中的少數意識

林雪平／評論人

羅貴祥是如此地難以捉摸的作者，他是詩人、是劇作家、是小說家、是學者、是散文家……其實對我來說，他的身分相對容易交代，他是老師，Prof. Lo。老師總是學生的模仿對象，但是愈想弄清楚 Prof. Lo 的底蘊，愈發現也許不存在所謂「底蘊」。

為了這次專題，陳子雲（也是羅貴祥的學生）與我一起訪問他。他笑笑說，不要說是訪問吧，聊天就好。然後他真的開始問陳子雲，最近做自由身工作者情況如何了？然後也問我，你畢業論文寫完沒有？被他關心了二十至三十分鐘後，我們才開始談「正題」。「想問問一些關於你自己的問題……」豈料，他聽完後笑一笑，便說：「自己沒甚麼好談吧？太自我不太好啊。」

他總是在我問問題後，兩言三語間就拆解了整條問題。

不過關於「自己」這點，回想起來的確頗為 Prof. Lo。他總在一切定義之外，連「自己」的定義都會避開。如是者被他耍了數遍後，我開始更加小心翼翼地問問題。他真的是「之外」嗎？以他解構成癮的性格，也許他又會開始拆解內外的二元對立。他未必是在外部，我開始想，也許他是內部的外部（有時 Prof. Lo 的幽默感很黎明），他是不是詩人的詩人，不是學者的學者，不是老師的老師……觀乎眾多作品，也許這樣形容貫穿其中的形態更為合適，就是——少數（Minor）。

香港文學作為少數文學

這個「少數」與德勒茲（Gilles Deleuze）和瓜塔里（Félix Guttari）在《卡夫卡：走向一種少數文學》（*Kafka: Toward A Minor Literature*）中提出的少數文學肯定有關。羅貴祥受德勒茲影響極深，甚至著有《德勒茲》一書，引介德勒茲到華文世界。但是，羅貴祥的「少數」與德勒茲和瓜塔里的「少數」又未必一致。德勒茲和瓜塔里以卡夫卡為案例，描繪處於國家邊緣文學，它們不是在國家裡以另一種文字書寫的文學，相反，它們以國家主流文字書寫，但逃離國家語言的規範。卡夫卡之所以是少數作家，不是因為他是猶太人，或者以猶太人的意第緒語書寫，相反是因為他作為奧匈帝國子民以德語寫作，但正正因為以德語寫作，他才得以動搖德語本身的規範。[1]

作為香港人，大概難免聯想到香港文學的處境吧？羅貴祥也留意到這點，「當香港作家以廣東話為母語，自小接受英語教育，卻以中文書寫，他或她便經常被批評無法寫出『純正及原本的中文』」[2]。《卡夫卡》英譯本在1986由University of Minnesota Press出版，據訪問所知，羅貴祥當年是閱讀該版本。爾後，他在1987年的〈少數論述與「中國」現代文學〉旋即引用，抵抗國族文學論述統整香港文學。但羅貴祥也非全盤接受這套法國理論。他在別處補充：

> 我未必同意德勒茲與伽塔利（按：即瓜塔里）擷取西方經典的文學家卡夫卡，作為引證「少數文學」的例子，因為這完全不適用於那些始終沒有「經典」作家的少數論述。[3]

更詳盡的分析可見於羅貴祥的畢業論文。時間回溯到八十年代尾，羅貴祥在信報任職文化版記者一年後，於香港大學比較文學系攻讀哲學碩士。他的畢業論文一方面反對將香港文學統整為中國國族文學的一部分，另一方面又拒絕將香港文學本質化。為此，他提出了「少數書寫」作為分析香港文學的理論框架。與「少數文學」一起進入羅貴祥視野還包括詹明信（Fredric Jameson）的「國族寓言」（national allegory）以及葛茲奇（Wlad Godzich）的「冒現文學」（emergent literature）。

詹明信的「國族寓言」關注「第三世界」的文學與國族想像的關係，儘管羅貴祥亦以不少篇幅批判詹明信過於簡化複雜的第三世界問題，[4] 但他亦以詹明信作為支點，讓「少數文學」逃離歐陸的局限。他指出：

> 當德勒茲與瓜塔里主張，「我們同時可以說，少數不再指明特定的文學，而是在被稱為偉大（或既有）的文學中，每一種文學的革命狀況」，並且經已經典化的歐洲、白人、第一世界作者，例如卡夫卡或者喬伊斯為例子說明時，我們可以留意到，他們「逆向的偽雅主義」（Snobbism）相當可疑，而且將之套用在香港文學，在一定程度上，顯得不合理。[5]

羅貴祥所指的「少數書寫」是一種不欲落於「國族論述」的書寫方式，他既拒絕將香港文學送進中國國族文學的「殿堂」，亦不想將香港文學的邊緣性本質化。羅貴祥意識到，一旦談及少數，我們很容易落入多數與少數對抗的二元局面。「因為他們是多數，所以我就是少數。」這是經常可以聽到的論調，有時少數甚至被固定下來，成為了可供利用的標籤。最吊詭的是，一旦少數固定下來，又會排擠掉更少數的一群。少數反而成為另一種意義上的多數。這一點對於羅貴祥日後作品影響深遠，我們甚至可以在他當下的少數民族研究中看到相近的論點。

或者，我們可以理解「少數」為形容詞，甚至是用以修飾動詞的副詞。這個形容詞不會落於固定的名詞，不被本質化。正如羅貴祥自述：

> 不僅是香港文學這種具特殊性質的少數論述，可以應用少數文學的

觀念；大陸文學中的少數民族問題、台灣文學的原鄉與外省人矛盾、「中國」整體文學裡的階級、婦女及同性戀問題，我以為亦與「少數文學」有一定的密切聯繫。甚至，整個第三世界文學的民族自決，如西方先進資本主義國家的錯綜糾纏，也未嘗不可由這個角度作出思考。[6]

「少數」是一個形容詞，遊走於不同的名詞間。

國族國家中的少數民族

「少數」肯定是政治的，正如德勒茲與瓜塔里所說。其政治在於它與多數之間永恆的角力，甚至是與成為多數的自身角力。在羅貴祥的研究中，「少數」的政治意味體現於他對國族主義的批評。

在羅貴祥過去的研究中，我們會發現有許多關於「少數族裔」、「少數民族」的研究，例如《香港：多一點顏色》香港少數族裔的訪問、《邊城香港》中的〈中國少數民族的認識論：「邊緣」的視角〉，以及收綠在第31期《思想》的〈沒有國家的民族：少數者的「中國」〉。

近年，他開始研究藏語電影（Tibetan Cinema），[7]探討藏區與中國的關係。羅貴祥之所以對中國民族問題有興趣，可能與香港人的身分有關。香港對中國而言，在某種意義上是「少數」。羅貴祥指出：「置身『一國兩制』下的香港，被中央政府給予種種特惠優待，某程度上，其實是帝國歷史上邊陲政策的延續（……）所謂『自治』變成空言，骨子裡與中華人民共國內地的「少數民族自治區」沒有結構性的分別（……）香港在中央眼裡，也可能是『另一種邊疆少數民族』」。[8]

但對他來說，中國民族問題更重要的是揭示了少數如何以順從多數的邏輯而成為少數。「民族」——甚或「中華民族」——在歷史上是新近的概念，中華人民共和國聲稱是以漢族為中心的「多民族國家」，當中的問題錯節盤根。羅貴祥視「少數」為機制（mechanism），關注的不是現存已經固化的「少數」，而是要追溯這五十五個少數民族的形成過程。[9] 羅貴祥研究「少數」，不同聚焦於我們一般所想像的多數迫害少數。迫害當然不罕見，但羅貴祥回溯中國少數民族之形成時，卻發現原來「少數化」反而成為多數管治的必要手段，「從邊緣的少數民族看中國，首先我們知道少數民族問題在中國現代歷程中絕不邊緣，甚至可以說對現代主權國家的建構絕對重要」。[10] 因此，所謂少數（或者邊緣）的真正悲劇在於，「中心其實非常熱衷挪用邊緣自我觀照」。[11]

帶著這個視野回到香港問題，會發現問題變得更加尖銳。

到底香港人時常掛在口邊引以為傲的「邊緣性」是怎樣的一回事?有沒有可能,我們所謂的邊緣其實正是中心?其實是西方和中國都熱衷挪用的邊緣?羅貴祥對這樣的「香港」可說是大力批判:

在殖民地時期,香港在英國的殖民統治策劃下,將自己定位為一個中西融會的混種合成體,它的融合方法是向西方兜售一種不真實的中國特色(當中國大陸遠在西方渴求的視線之外),以及將一種西方的表象兜售給當時的中國同胞。香港的民族性或中國性實則上並不是一個供香港人自我反省的實體,倒是一種刻意營造給局外人觀賞的商品。[12]

於是,我們可以理解到無論是中國少數民族、香港少數族裔,抑或香港人,所謂「少數」以及「邊緣」面對的最大危機,也許不是被多數吞噬,而是被固化,被多數策略地利用。面對「少數」,我們更應該檢視它的運作邏輯：少數是否已經反向地屈服於多數的機制之中？[13] 正如德勒茲與瓜塔里在《反伊底帕斯：資本主義與精神分裂症》（*Anti-Oedipus: Capitalism and Schizophrenia*）中多次告誡我們，真正的牢籠不是父親角色，而是整個「父親——母親——我」的伊底帕斯情意結。精神分析師以此牢籠困住病患，告訴他問題出自他自己身上，因為病患無法辨認大他者，但是實則上卻是轉移視線，令人忽視牢籠本身的合法性問題。以民族國家對抗民族國家的問題正是如此，針對了政權，卻忽視了「民族國家」作為政治體的運作問題。

願望是做飄流大海的海盜？

對於羅貴祥而言，也許海盜才能真正表達出他理想的少數形象吧？他思考香港的根源，常常追溯到海盜身上，例如張保仔，而有趣的是，海盜作為根源，是一種無根的根。

《有時沒口哨——故事共生集》收錄了〈海盜島〉，是一篇短小卻充滿奇想的閃故事（flash fiction）。故事講述一個小島脫離大陸，在海洋飄泊。儘管篇幅極短，但看看羅貴祥如何描寫小島飄流海上的片段，足見他的想像力，像是入了水的地下鐵被改裝成水族館，讓居民對着過時的月台海報廣告憑弔（但是老師，我想近年安裝的電子屏幕應該全部報銷了吧？），又以以下這段最有趣：

> 島上仍有水塘與發電站，但缺乏種植的土地。或許是這個緣故，島民一脫離大陸便做起海盜的勾當來。上幾代的人比較膽小保守，他們只將飄流島扮成是大陸，讓遠洋的貨輪誤以為到岸，在島上的碼頭停泊，島民就一擁而上，搶奪船上的貨物。後來，他們膽子越來越大，索性用整個飄流島去攔截航行中的遠洋貨輪。[14]

我們可以把「海盜島」看成香港的隱喻，以「小島」扮作「大陸」與上述的「向西方兜售一種不真實的中國特色」不謀而合。後來直接飄流去攔截遠洋貨輪，貼近海盜的行為。羅貴祥說得很明白，「我們的祖先全是海盜」。

橫行汪洋的海盜正好體現出「少數」的流動。海盜絕對令主權國家的管治頭痛萬分。海盜利用海洋的平滑，顛覆陸地上依賴定點居民的官方。在〈海盜邦到耕作村〉中，他解釋了海盜對他的特別意義：

> 關於海盜與走私的故事敘述，試圖脫離以陸地為中心的歷史書寫框架，將過往受邊緣化的海洋變為中央舞台，透過海洋穿越國界，把中國、日本、東南亞的歷史串連起來，整個區域由海洋聯繫，不能再單以個別的國家利益作為觀照視點。海洋成了超越大陸文明的無管束自由領域，既是跨國的空間，又混合着多民族的互動關係，打破單一國家民族的界線限制。[15]

海盜島的結尾悲壯：「我們這一代」、「我們這班沒有記憶的海盜」擺脫上數代人的教訓，決意撞上大陸，「那彷彿是一種命定的召喚，我們要知道自己的真正身份……」故事就此完結。今日回望，可以推算海盜島是凶多吉少。但是，羅貴祥卻斯文地激進，（或者激進地斯文？）我幾乎又見到他預備冷笑，再一次拆解我的問題。總之就是無法確定，他的「少數」永不安於「少數」的位置，他要以「『外邊』去修改，顛覆（多數）的既有內容」。[16]我突然發現，老師原來是一名海盜，他的目標簡單地複雜：以「少數」粉身撞向「多數」。

1 有關卡夫卡與少數文學的關係，可參照張歷君的〈換取的孩子：卡夫卡與猶太德語文學〉。原刊於《書城》第 32 期 2009 年 1 月號。

2 Lo Kwai-cheung, *Crossing Boundaries: A Study of Modern Hong Kong Fiction from the Fifties to the Eighties*. (Thesis, University of Hong Kong, 1990), p.17.

3 羅貴祥，《他地在地——訪尋文學的評論》（香港：天地圖書出版，2008），頁 132。

4 他指出：「抽取民族主義這個特徵，作為『統攝』第三世界文學討論的方法，固然有一定的道理，但關鍵依舊是第三世界文學的多異分歧（試想台灣文學與印度文學之間的差距），是否以民族或語言等決定因素，就能獲得較為整體的全貌？我似乎又回到最初的問題去——我們如何理解『中國』現、當代文學？在中國當代文學與現代主義研討會中、在這篇文章內，我想我也犯上了同樣的危險，把『香港』文學依樣當作一個統一的整體看待。」同上，頁 134。

5 Lo, *Crossing Boundaries*, pp.17-18.

6 羅貴祥，《他地在地》，頁 133。

7 編按：羅貴祥關於「Tibetan Cinema」的文章多以英文寫成，編輯選取「藏語電影」這譯法。

8 羅貴祥，〈中國少數民族的認識論：「邊緣」的視角〉，收錄於《邊城對話》（彭麗君編），頁 13。

9 羅貴祥指出：「事實上，由林耀華率領的雲南民族識別團隊並沒有嚴格跟從斯大林的民族定義，反而創造了『民族集團』的概念，來為中國的不同部族分類與確認，並在訪問調查的過程中與部族領袖協調合作，甚至參與建構民族的分類，在訪問中教育被訪的少數民族他們該屬於的真正身份。」同上，頁 30。

10 同上。

11 同上。

12 羅貴祥後來接受《立場新聞》的訪問，回應學苑出版《香港民族論》。他在其中談到相關的憂慮：「所以探討問題是好的，但如果走上了這條窄路、老路，變成了鼓吹民族國家，以對抗另一個民族國家，這樣的話，對香港來說其實很可悲。」羅貴祥，〈目無鄰人：少數族裔與香港的華人社會〉。

13 立場報道，〈【五代學苑人 5】香港是他們眼中的，少數民族〉。

14 羅貴祥，《有時沒口哨——故事共生集》（香港：香港文學出版社，2015），頁 281。

15 羅貴祥，〈沒有國家的民族：少數者的「中國」〉，載於《思想》第 31 期（2016 年 9 月），頁 135。

16 同上，頁 243。

夜行紀錄

作者｜羅貴祥
責任編輯｜鄧小樺
執行編輯｜馮百駒
文字校對｜林韋慈、周靜怡
封面設計及內文排版｜陳恩安
印刷｜博客斯彩藝有限公司

二〇四六 —— 社長：沈旭暉｜總編輯：鄧小樺｜出版：二〇四六出版／一八四一出版有限公司｜地址：臺北市民生東路三段 130 巷 5 弄 22 號 2 樓｜電子信箱：enquiry@the2046.com ｜ Facebook：2046.press ｜ Instagram：@2046.press

讀書共和國出版集團 —— 社長：郭重興｜發行人：曾大福｜發行：遠足文化事業股份有限公司｜網站：www.bookrep.com.tw ｜地址：231 新北市新店區民權路 108-2 號 9 樓｜電話：(02) 2218-1417 ｜傳真：(02) 8667-1065 ｜電子信箱：service@bookrep.com.tw ｜郵撥帳號：19504465 遠足文化事業股份有限公司｜客服專線：0800-221-029 ｜法律顧問：華洋法律事務所 蘇文生律師

初版一刷：2023 年 3 月
定價：380 台幣
ISBN：978-626-97023-1-2

有著作權・翻印必究：如有缺頁、破損，請寄回更換

國家圖書館出版品預行編目（CIP）資料｜夜行紀錄／羅貴祥作 . -- 初版 . -- 臺北市：二〇四六出版，一八四一出版有限公司出版；新北市：遠足文化事業股份有限公司發行，2023.03 ｜ 272 面；14.8×21 公分｜ ISBN 978-626-97023-1-2（平裝）｜ 857.63 ｜ 112003058

特別聲明 —— 有關本書中的言論內容，不代表本公司／出版集團的立場及意見，由作者自行承擔文責